DESAMPARO

Desamparo

FRED DI GIACOMO

Copyright © 2018 Fred Di Giacomo
Desamparo © Editora Reformatório

Editores
Marcelo Nocelli
Rennan Martens

Preparação de texto
Marcelo Nocelli

Revisão
Nátalia Souza
Eliéser Baco
EM Comunicação

Imagem de capa
Foto de Chrystian Figueiredo
@Sputnik Photographers Society

Design e editoração eletrônica
Negrito Produção Editorial

Dados Internacionais de Catalogação na Publicação (CIP)
Bibliotecária Juliana Farias Motta (CRB 7/5880)

Di Giacomo, Fred
    Desamparo / Fred Di Giacomo. – São Paulo: Reformatório, 2018.
    248 p.; 14 x 21 cm.

    ISBN 978-85-66887-43-3

    1. Romance brasileiro. 1. Título.
D556d   CDD B869.3

Índice para catálogo sistemático:
1. Romance brasileiro

Todos os direitos desta edição reservados à:

Editora Reformatório
www.reformatorio.com.br

Para Karin, bálsamo de um náufrago.

Lugar sertão se divulga: é onde os pastos carecem de fechos; onde um pode torar dez, quinze léguas, sem topar com casa de morador; e onde criminoso vive seu cristo-jesus, arredado do arrocho de autoridade.

GUIMARÃES ROSA, *Grande Sertão: Veredas*

A primeira parte deste livro eu psicografei, o resto escrevi.

FOI DE cara na merda que aconteceu a primeira morte de Manoel Antero dos Santos. A morte que seus inimigos gostam de lembrar e que foi rememorada em marchinhas jocosas, trocadilhos maldosos e pequenas notas nos jornais de oposição das cidades que semeou pelo sertão da Noroeste. Bandeirante tardio, Manoel foi dos desbravadores audazes que tiraram a virgindade das nossas últimas matas – mesmo que um tanto à força, é verdade.

Foi de cara na merda que Manoel caiu, desorientado, ao sair apressado de um trem na estação Santo André, que o levava, no distante ano de 1929, em direção aos subúrbios da capital paulista. Manoel estava envelhecido; pegara o trem no sentido contrário ao do litoral paulista, onde morava. Havia perdido uma grande disputa judicial que envolvia os cinquenta mil alqueires da fazenda Aguapeí, localizada perto de Araçatuba, na qual investira a maior parte de sua fortuna de político pioneiro. Fora seu último ato como personagem principal na chegada do progresso às terras descobertas outrora por Maria Francisca e seu clã dos Capa Negra.

Nos tempos da primeira morte, Manoel já havia se mudado de Santa Cruz do Desamparo para São Vicente, mais perto do Fórum de São Paulo onde se travava a última batalha judicial do nosso astuto rábula. Estava de volta ao mar, depois de navegar por anos o oceano verde de campos e cerrados do sertão, onde se perdera em busca de fortuna. Não passara – ao contrário do que propagam seus detratores até hoje – seus últimos dias sozinho numa poltrona imunda, abandonado em uma pensão de terceira categoria, em São Vicente. Não morrera suicidado, nem seu corpo demorara três dias – servindo de banquete aos vermes – para ser encontrado. Sua segunda esposa ainda o amava e desfrutava do mesmo teto no litoral paulista. Amélia Capitolino Santos – que viria a falecer em Pelotas, anos adiante – foi viajar pouco depois da queda acidental de Manoel para poder comparecer às núpcias do irmão, na distante Birigui.

É difícil para Manoel – mesmo agora que morto e enterrado – jurar que a queda no escoadouro de esgoto, ao saltar do trem errado, não tenha sido uma forma voluntária de livrar o corpo do gigantesco peso que arrastava nas costas desde que nascera no Rio de Janeiro, no Largo da Carioca. A batalha contra o universo já havia sido longa demais. Quando saltou do trem, ainda em movimento, ao perceber que havia pegado o sentido contrário, lembrou dos kaingangs passados a fogo, dos frades capuchinhos que acalmara à bala, das pechinchadas terras que outrora pertenceram a Modesto Moreira e Maria Chica e, claro, de Helena enlouquecendo pouco a pouco por sua culpa.

A segunda morte de Manoel foi muito menos literária e por isso ocupará pouco espaço nesta narrativa. Consta em sua certidão de óbito que no dia 17 de maio de 1929 – poucos dias depois de dar de cara na merda, Manoel faleceu, em casa – d'um colapso cardíaco em consequência de hemoptise, ou tosse com sangue, como diziam os populares naquela época. As costelas quebradas haviam perfurado os pulmões tísicos do velho Manoel, que morrera engasgado no próprio sangue. Foi irônico que no final de tudo, tendo escapado do tacape dos kaingangs e dos balaços dos capangas de Eros Afrodísio, Manoel tenha sido espetado mortalmente por seus próprios ossos.

Esmeralda, a criada, avisou a viúva Amélia por telegrama sobre a morte do marido. Esta voltou para São Vicente o mais rápido que pôde, depois de prestigiar as bodas do irmão, de visitar o Salto do Avanhandava e de carregar, para o litoral, meia dúzia de bem-casados e um jaó na gaiola – pássaro que pouco voa, mas cujo canto é dos mais belos do sertão paulista.

PRIMEIRA PARTE

As viúvas

QUANDO CHEGOU finalmente às suas terras, no sertão paulista, que iam dos campos de Araraquara até a barranca do Rio Tietê, Dona Maria Francisca de Castro ajustou a capa negra na cabeça e fez o sinal da cruz com a mão direita, apertando forte, com a esquerda, a pequena e alva mão do filho caçula Josué Antonio Castro e sorrindo para o espírito do marido Abel, disse: "Eu falei que conseguiria, não falei, sua besta?"

No Brasil do Império, não era necessário muito óleo de baleia para se botar fogo nas gentes. A faísca que incendiou a Revolta Liberal de 1842, por exemplo, foi a decisão do Gabinete Conservador de dissolver o parlamento eleito, composto em sua maioria por deputados liberais. Para o jovem Josué Antonio era impossível entender as diferenças entre os dois partidos, acostumados a resolver suas pendengas pela cordial diplomacia da bala. Ambos eram formados por grandes proprietários de terras, fiéis ao imperador Dom Pedro II e defensores da escravidão. Os conservadores, no entanto, simpatizavam com um poder centralizado e forte, enquanto os liberais namoravam mais autonomia para as províncias.

Nosso país foi construído sobre um amontoado de guerras civis abrandadas nos livros de escola como revoltas infantis para que mantivéssemos em nossas mentes o mito do brasileiro como homem cortês e ingênuo. É fato que as insurreições liberais que se deram em Minas e São Paulo, naquele ano, não chegaram ao mindinho do pé da Revolução Farroupilha, mas foram suficientes para trazer o temido Duque de Caxias para pacificar a região e para atrapalhar o pasto e a lavoura do interior de Minas Gerais, levando centenas de mineiros de cidades como Piumnhi, Sabará e Dores do Pântano a deixar o estado natal de Tiradentes e migrar em direção ao oeste paulista. Dentre esses pioneiros estava uma família que futuramente faria muitos negócios com o Coronel Manoel Antero dos Santos, e se arrependeria no final: os Castro, do ramo Capa Negra.

A saga de Maria Francisca "Capa Negra" quem me contou foi um Castro de terceira geração, portanto não posso dar certeza da veracidade dos fatos. Já a verdade do causo reza que Capa Negra fora casada com o português Abel Antonio de Castro, vindo da exuberante Ilha da Madeira com seu irmão – Noé Antonio. Animados com a possibilidade de bons negócios no Brasil, para onde havia se transferido a corte e a capital do Império. Os dois encararam 55 dias de viagem naval nos idos de 1820. Abel, que era o mais teimoso e orgulhoso dos três, sentia falta da mesa farta durante os cansativos dias de travessia marítima em que se alimentavam de carne salgada e biscoitos infestados de vermes. Para retirar os bigatos dos biscoitos, os irmãos colocavam carcaças de peixe podre perto dos barris onde as bolachas eram armazenadas. O cheiro de carniça atraía os vermes para o banquete, deixando os biscoitos limpos para o consumo. Mancha arroxeada na face, Noé Antonio passava as noites caçando ratos que roíam as madeiras dos barris de mantimentos, enquanto Abel Antonio vomitava o tempo todo, e temia pegar os piolhos que haviam obrigado grande parte das mulheres a raspar seus cabelos. Os dois dividiam cloacas comunitárias com outros passageiros do barco e protegiam-se como podiam do sol escaldante que castigava o navio, durante os dias parados de calmaria. Abel ficou chocado ao perceber que uma galeguinha escondia as manchas vermelhas do filho que morria de sarampo. Tinha medo que arremessassem a criança viva ao mar. O português não contou a ninguém sobre a doença do infante, mas passou a dormir sempre que possível na proa, em busca de ar puro e livre de pústulas. Levava com ele um pequeno São Judas Tadeu, padroeiro das causas perdidas. Foi nesse período de extremo cansaço que Abel Antonio jurou ter ouvido cantos sedutores vindos das profundezas do mar, onde via o reflexo de uma mulher. Encantado, chegou até a amarrar-se ao mastro do navio para não enlouquecer e se lançar ao oceano. Ao assistir tal cena épica, seu irmão lhe moeu a pancadas, às custas de lhe enfiar o juízo de volta à cabeça. Após pararem cerca de um mês em Salvador, onde se fartaram de cajus e pitangas, os irmãos Castro chegaram ao Rio de Janeiro, participando de alguns rituais de beija-mão do rei Dom João VI, e passaram a procurar terras para a pecuária.

Abel e Noé Antonio encontraram boas terras em Piumnhi, onde iniciaram a criação de gado. Lá, ficaram amigos do sertanista que descobriria as terras do Mato Grosso do

Sul e participaria de picadas pelo sertão paulista, amansando muitos kaingangs bravos com a palavra de Deus e o carinho da pólvora. Lá, também, Abel viveria com Maria Francisca; uma jovem morena de pequenos olhos tristonhos, cabelos negros muito lisos e seios robustos – beleza que contrastava com a calvície precoce de Abel Antonio, que para tirar atenção da calva, cultivava bigode grosso com chumaços de pelo lhe fugindo pelas largas narinas salpicadas de cravos.

A competição entre Abel Antonio e Maria Francisca era boa para o sucesso do seu latifúndio, já que disputavam em tudo quem era o melhor, seja no preço do gado, seja em ordenhar as vacas, seja em castigar os escravos. E, de alguma forma, também estimulava os fogos do casal, que já tivera três filhos. O primeiro chamava-se Abel, como o pai, e reclamava muito das discussões dos dois. Já, Jorge Luis, o segundo, nascera surdo, e por isso, naturalmente, era poupado de ouvir as brigas repetitivas em que Abel sempre garantia que, sem ele, sua mulher não seria nada. Maria Francisca, além de bonita, era prendada; excelente bordadeira e grande leitora dos sermões do Padre Antonio Vieira, da Bíblia Sagrada e, no fim da vida, da poesia moderna de Gonçalves Dias. Tinha também tino para os negócios e, em 1825, quando estava para parir seu terceiro filho, Josué Antonio, ficou viúva de Abel – que se desfez em águas depois de uma selvagem diarreia tropical. Ainda enlutada e toda vestida de preto, a viuvinha vendeu suas posses para o cunhado Noé Antonio e partiu com as três crianças para a corte, onde tinha laços de parentesco com alguns nobres portugueses.

O Rio de Janeiro era, a essa época, a cidade mais bonita e pujante do Brasil, havia se tornado independente de Portugal há apenas três anos. Jovem, rica e sem marido na cidade grande, Maria Francisca teve na corte os dias mais felizes de sua vida. Logo arrumou uma escrava doméstica, chamada Tereza, para cozinhar para seus filhos e lhe fazer companhia. Adorava frequentar o teatro e caminhar pela Rua do Ouvidor, onde comerciantes franceses vendiam água de Cologne, pomadas, luvas, suspensórios, leques, caixas de costura, champagne e livros importados.

Um gostoso calor percorria sempre seu corpo quando via um casalzinho dançando o lundu, que os escravos tinham trazido de Angola e já virara moda no Brasil. Não se incomodava com o cheiro de lixo e de esgoto que se espalhava pelas esquinas, e admirava-se com o fato de a maioria das pessoas na rua serem africanos e crioulos, o que dava à capital ares muito diferentes de Lisboa.

Após um baile, organizado por um traficante de escravos, regado a champagne francesa e finos vinhos portugueses, Maria ficou amiga de algumas amas da Imperatriz Leopoldina que acabara de ter um filho varão. A Imperatriz era uma mulher religiosa, romântica e tímida, e Maria Francisca só a conheceria algumas semanas depois, em uma festa na Igreja da Glória. Chocou-a o descuido da obesa rainha, completamente despenteada e vestida numa saia rasgada.

Dona Leopoldina já estava doente tanto do coração quanto do corpo, quando pariu Dom Pedro II. Morreria um ano adiante, após abortar outro filho homem. Uma misteriosa infecção a comia silenciosamente por dentro, enquanto os diversos casos amorosos de seu marido deixavam-na tristonha e com tão pouco amor próprio, ao ponto de mandar tirar todos os espelhos de seus aposentos.

Leopoldina ficou muito feliz por tomar a nobre Maria Francisca de Castro como ama de leite. Gostava de lhe ensinar botânica, enquanto se entupia de colheradas de creme cardeal e fartos bocados de doces da terra. Por ser bem-dotada, quiçá exuberante, Maria aceitou amamentar o pequeno Dom Pedro II, ao mesmo tempo que nutria seu caçula, Josué Antonio.

Enquanto Dona Leopoldina era consumida por sua estranha doença, Maria Francisca florescia para a alegria do pequeno e glutão Pedrinho.

O desejo de Dom Pedro I não era capaz de esperar muito, e tão logo sua real esposa saiu do resguardo, ele já a engravidou novamente. O viril imperador brasileiro escreveria depois que "em nove anos de casamento emprenhara sua mulher nove vezes". Dom Pedro também tinha em alta conta a viuvinha de Abel Antonio de Castro, e por isso lhe presenteou com uma luxuosa capa negra que permitia que ela cumprisse seu luto de forma adequada. Por amizade à Imperatriz, Maria Francisca evitava os favores reais do fogoso imperador, que assinava suas cartas lascivas como "Demonião". No entanto, comovido com os profícuos seios da viúva de Abel Antonio de Castro, Dom Demonião I lhe presenteou com uma Sesmaria, não tão distante da terra virgem do Salto do Avanhandava, para onde algumas famílias honradas e um numeroso grupo de bebuns e criminosos foram sido enviados alguns anos antes. Diz a lenda que as famílias cristãs foram assentadas à margem direita da cachoeira, para auxiliar os viajantes que por lá passassem. Os indivíduos imprestáveis, entretanto, foram colocados à margem esquerda, que ficou conhecida como Degredo. Dos degredados, já pouco restava quando Dona Maria chegou a suas novas terras, além de alguns ossos enterrados e bandos de filhos mamelucos que tiveram com os kaingangs.

O sol que iluminava a vastidão das terras herdadas por Maria Francisca era um agrado recente de Deus. Ela e sua comitiva – que estufavam carros de bois com móveis portugueses, espingardas pica-pau, pistolas pederneiras, ferramentas para a lida no campo, materiais de costura, sementes variadas, mudas de plantas, cães de caça, rebanhos de porcos e frangos, que iam servindo de ceia tão logo cresciam no caminho – haviam enfrentado um temporal de três dias com a resiliência de quem sabe que só tem o caminhar como opção. Voltar para Piumnhi e se reestabelecer em Minas Gerais, estado abalado pela revolta liberal, não parecia uma opção promissora. Por isso, ela partiu com seus três filhos, seus escravos e seus agregados numa bandeira em direção à Sesmaria que conquistara com o leite dos seios. Por usar sua mantilha negra em qualquer tempo; quer torrasse o sol, quer despencasse a chuva, Maria ganhou a alcunha de "a mulher da capa negra", vulgo que, mais tarde, virou sobrenome para seus descendentes. Sabia que isso irritava o espírito teimoso do marido Abel Antonio. Por isso não se incomodava que o falecido esposo rejeitasse a morte e andasse rondando sua vitoriosa bandeira interior adentro. Não precisaria do marido, nem de nenhum outro homem para criar os filhos, ganhar o pão e dobrar a natureza aos seus pés. Mais que prosperar na vida, ela legaria por gerações de Castros seu próprio "sobrenome": Capa Negra. Já nessa época, Maria Francisca não era mais a viuvinha faceira que encantara a Imperatriz Leopoldina e a nobre corte do Rio de Janeiro. A vida havia lhe comido a inocência, mas regurgitado sabedoria e dignidade.

Durante a viagem, Capa Negra passava horas falando ao ouvido do surdo Jorge Luis, que lhe compreendia com profundidade. Abel Segundo era teimoso como o pai, e o caçula Josué Antonio podia até ser corajoso, mas era muito descontrolado. Nenhum dos dois tinha a sensibilidade e o equilíbrio do filho do meio. Com carvão, ele desenhava perfeitamente os campos de cerrado, às vezes interrompidos por florestas de mata aberta compostas pelo ipê roxo e a aroeira, cuja madeira o povo dizia que "dura a vida toda e mais cem anos", e, ainda, a casca milagreira rende chás e banhos cicatrizantes. Havia ali, também, imensos jatobás de vinte metros de altura – mães de frutos mágicos que acalmam a alma.

A principal ocupação da fazenda era a criação de porcos à beira do riacho, mas a propriedade de Capa Negra era autossuficiente, como a dona. Criavam-se vacas, mulas, galinhas e porcos; plantava-se milho, café, feijão, arroz, batata, mandioca, algodão e cana-de-açúcar. No curtume secavam-se as peles, no tear fiava-se o algodão e no engenho se produzia cachaça e açúcar. Nessa época, Maria Capa Negra havia mandado cartas pedindo que o cunhado Noé Antonio se juntasse a ela com a família, unidos poderiam trabalhar mais, ampliar os negócios, e o cunhado proporcionar uma vida melhor à família. Talvez por medo do espírito do irmão, talvez por temer a força da cunhada, Noé costumava visitar pouco a residência de Ribeirão dos Porcos e se considerava bem estabelecido nos campos do Avanhandava.

O barulho de marreta chocando-se insistentemente na bigorna revelava ao visitante ocasional que havia, também, no Ribeirão dos Porcos, uma oficina de ferreiro. No faiscar quente da oficina, produziam-se pregos, ferraduras e dobradiças para portas e janelas. Abel Segundo trabalhava muito e queria mostrar para a mãe que os homens não eram de todo inúteis, como ela vivia a repetir em alto e bom tom. Josué Antonio, apesar de muito novo, era mais arrogante e gostava de dar ordens. Sua brincadeira favorita era montar de cavalinho no jovem Procópio, seu pajem e filho da cozinheira Tereza, vinda de Cabinda, África, que havia sido laçada pelo caboclo Joaquim Jerônimo, um agregado dos Capa Negra. Joaquim morava numa casinha de sapé à distância de um grito do casarão. Até os cinco anos, Josué Antonio era levado no cavalo ou no carro de boi, junto ao seio de Maria Capa Negra. O fato de ser irmão de leite do imperador Dom Pedro II atraíra muitos caboclos curiosos para aquelas bandas, o que o deixara meio metido à besta. É verdade que o favorito de Maria continuava a ser o surdo Jorge Luis, mas Josué, além de ser o mais novo, era também o responsável por boa parte daquela bonança. Se não fosse ele, Capa Negra não estaria com os seios cheios de leite para amamentar o Imperador quando ficou viúva, consequentemente, não teria recebido as terras de presente. De alguma maneira, a mãe também considerava que o nascimento do filho havia matado o velho Abel; o que, para ela, significava o começo de sua libertação.

Enquanto Jorge Luis pintava com seus pincéis trazidos do Rio de Janeiro, Josué, folgazão, não gostava da lida na lavoura, preferia brincar de mula com Procópio, e praticar o saboroso troca-troca, primeiro com as bananeiras, depois com as vaquinhas e cabras que encoxava subindo num barranco, que lhe permitia ficar na altura das pobres vítimas. Tereza, que durante a lida, por várias vezes flagrou o caçula Capa Negra em tais volúpias, tinha medo que Josué resolvesse abusar de Procópio, e por isso ficava sempre de olho nos dois.

Não havia escola em Ribeirão dos Porcos, mas Maria Capa Negra procurava ensinar aos filhos as primeiras letras. Jorge Luis aprendeu rápido, já Abel Segundo e Josué Antonio puxaram a limitação do pai e não levavam jeito para os estudos. Esperta nos negócios, Maria viajava com frequência para as cidades de Rio Claro e São Carlos e, às vezes, até para a corte, onde podia comprar livros franceses, comer morangos e se informar sobre as últimas modas da Europa. Josué e Abel odiavam essas viagens, o que desgostava a mãe por ter parido criaturas tão xucras. Os dois futucavam com os dedos todos os orifícios do corpo, não sabiam usar os diferentes tipos de talheres à mesa e vestiam-se como matutos, com os pés sempre livres de botinas. Em alguns finais de tarde melancólicos, Capa Negra se pegava chorando sozinha ao olhar, pela janela, o deserto verde que era aquele sertão selvagem, habitado pelos selvagens kaingangs, as onças-pintadas e os gigantescos jequitibás.

No tempo em que Abel Segundo e Josué Antonio já estavam barbados e casados, Jorge Luis começou a desenhar para Capa Negra retratos realistas do finado Abel, que lhe dava de presente ou pendurava em árvores da mata próxima.

– Mamãe, me desculpe, mas ouvi papai no quintal. Ele diz que está rondando por aqui para te aliviar da amarga solidão.

A princípio Maria irritou-se com o Jorge Luis. Suspeitava que de tanto ouvi-la, o filho surdo já pudesse ler seus pensamentos. Lá no fundo de sua cabeça, bem escondido a sete chaves – no meio de lembranças de Portugal, suspiros da corte e dívidas a serem pagas – havia um lugarzinho onde ela sentia saudades secretas do finado e limítrofe marido. Com a insistência do filho em conversar com o pai morto, Capa Negra passou a procurar o espírito teimoso de Abel pelos entornos da casa. Quando, enfim, encontrou o falecido marido numa encruzilhada lhe implorou que parasse de colocar ideias erradas na cabeça do rapaz. Abel acatou seu pedido e Jorge Luis passou, então, a escutar outras vozes. Essa zoada lhe fazia encomendas e pertencia a espíritos da região: como velhos caboclos herdeiros de padres espanhóis e índias santas, kaingangs assassinados pelos Capa Negra e até um escravo que morrera no tronco após ser pego chamando Josué de "Sinhôzinho Barranqueiro".

Apesar de as pinturas do filho chamarem a atenção de todos, a mediunidade de Jorge Luis assustava Maria Capa Negra, que tinha decidido doar o jovem ao Mosteiro de São Bento, em sua próxima ida ao Rio de Janeiro. A viagem espiritual já estava agendada, quando o rapazola foi catar jabuticaba na mata e não voltou mais. Tereza o viu se embrenhando no matagal e gritou em cabinda, mas o rapaz surdo não escutaria nem que fosse o Papa urrando em latim.

O sumiço de Jorge Luis, a insistência do marido Abel em não morrer de vez, e as saudades do Rio de Janeiro foram minando o ânimo de Maria e ela, aos golinhos, ia deixando as responsabilidades da propriedade para os filhos e encolhendo lentamente, no meio daquela capa velha e negra que carregava por todos os cantos com orgulho. O povo das redondezas – vendo a cinquentona triste e pequenina – começou a mudar sua opinião sobre a heroína local. Pelas costas, passaram a chamá-la de viúva negra, maldando que ela tinha envenenado o marido Abel e a Imperatriz Leopoldina para se engraçar com Dom Pedro I. Os viajantes que passavam pelo Ribeirãozinho muitas vezes se assustavam com a senhorinha enrolada num pano preto que ia sumindo a cada dia, se recusando a comer e amando cada vez mais as memórias e os livros e cada vez menos as pessoas. Quando Abel Segundo resolveu visitar o tio nos campos do Avanhandava, Josué assumiu a fazenda e sua mãe, tão miudinha, mal foi vista na festa de despedida do primogênito.

Sem o trabalhador Abel Segundo e com a inanição de Maria Francisca, a outrora radiante propriedade dos Capa Negra virara uma pocilga suja e dominada pelos porcos, apesar de lucrativa. Muitos anos depois, quando passou por aquelas bandas voltando da Guerra do Paraguai, o Visconde de Taunay classificou assim o fastidioso lupanar:

"Da Tapera começa a parte mais suja e abandonada da estrada, prenúncio da fazenda mais importante de toda aquela zona, cujo possuidor, porém, é dotado de um espírito tão avarento e descuidado em negócios de limpeza, que seu nome é símbolo de nenhum asseio e de brutalidade. Estávamos em terras de Josué Antonio, cognominado o "Capa Negra". A casa deste homem é uma baiúca indescritível: baixa, em ruínas, costuma reunir em seu asqueroso bojo cães, porcos, gatos, peles a secarem, outras apodrecendo e, todos os maus cheiros que podem ofender um olfato delicado. Bramavam aí, dia e noite, bezerros fazendo berraria insuportável, e quando um deles morria jogava-se aos porcos, que na imunda luta para devorá-lo atiravam lama até por cima do telhado."

Àquela altura, Procópio, homem feito, se tornara ferreiro e estava estudando como fazer dobradiças. Josué Antonio era casado com Dora de Jesus, mas continuava se atracando com mulas, éguas, bananeiras, moleques imberbes, kaingangs e caboclas. Mas entre todos os corpos que possuíra, faltava ainda ter um que lhe escapava: Procópio. Numa festa de Santo Antônio em que bebeu quentão demais, Josué resolveu se engraçar com o ferreiro. Este, apesar de ter tomado uns goles a mais de cachaça, não queria saber de ser montado por nenhum branco folgado. Sem poder aplicar em Josué o cacete que merecia, Procópio se mandou para o meio das matas, onde Jorge Luis havia desaparecido. Ficou lá 23 semanas seguidas, mas acabou descoberto pelo caboclo Joaquim Jerônimo. Poucos repararam, mas o corpo de Procópio estava todo coberto com tatuagens que lembravam os misteriosos desenhos psicografados de

Jorge Luis Capa Negra. Recapturado, Procópio foi obrigado pelo patrão a forjar ele mesmo uma algema para usar como castigo. O intento de Josué era torpe. Achava que com Procópio algemado poderia, finalmente, desfrutar do corpo do escravo. Mas esse, quando estava trabalhando no fole, aproveitou a aproximação do senhor e atacou-o com um ferro quente bem no órgão sexual. Josué Antonio quase morreu. Uivando de dor, teve que ser salvo por um médico espanhol que caçava borboletas por aquelas bandas. Como gratidão, o Capa Negra casou o médico com sua filha mais velha, que na época contava com doze anos. Foi a grande fortuna do espanhol – que largou a medicina para virar, também, proprietário de terras.

Naqueles tempos tristes, ninguém conhecia o paradeiro de Dona Maria Capa Negra. A velha matriarca desaparecera em meio a sonhos e poemas que falavam sobre exílio e saudades. Nem mesmo o espírito do falecido Abel encontrara mais a esposa. Cansado de esperar, o calvo português foi embora para sempre, satisfeito pelo fim do sucesso de Maria e disposto a deixar de ser alma penada para finalmente descansar em paz. Nos anos que se passaram era difícil achar qualquer coisa na bagunça que se tornara aquela propriedade. Da matriarca da família nenhum rastro. Até o dia em que Tereza encontrou a preciosa mantilha negra enroscada num Jequitibá. Capa Negra minguara, até o desaparecimento, num abraço demorado com a gigantesca árvore que acalmava.

"Existem mulheres que são tão perfeitas, mas tão perfeitas, que essa perfeição vira defeito". Assim refletia Noé Antonio Castro – chapéu de feltro, cavanhaque aprumado, corpo ereto sobre o cavalo – mirando tranquilo o nevoeiro de espuma que anunciava o imponente Salto do Avanhandava; choradeira de Deus. Corriam alguns dias desde que Noé decidira não se estabelecer no Ribeirão dos Porcos, fugindo da influência da cunhada Maria Capa Negra. Optara por atravessar a picada aberta de Minas ao Mato Grosso do Sul. Capa Negra o intimidava.

A revolução liberal agitava o interior de Minas e perturbava o sono de sua mulher Antonieva, que ouvia tudo com a precisão de um morcego. Era capaz de escutar conversas que se passavam na cozinha de Maria Capa Negra a quilômetros de distâncias dali. Por isso, os Castro das bandas do Ribeirãozinho tinham que sussurrar quando queriam falar mal dos Castro das bandas do Avanhandava. Se o ir e vir das saúvas que mascavam o mel da cana já incomodava Antonieva, que dizer dos balaços de canhão que o exército do Duque de Caxias derramava sobre os rebeldes liberais? Ensandecida depois da trigésima noite de pálpebras abertas, Antonieva fez o marido vender suas terras em Piumnhi, encher o carro de boi e levar família, gado e agregados em direção ao noroeste paulista. Nos ouvidos, Antonieva havia derretido cera de vela de sete dias, que ao esfriar cristalizara uma película que lhe aliviava a superaudição. Para tentar dormir, tragava uma jarra de chá de maracujá com casca de jatobá. Às vezes, batizava a mistura com um dedinho de pinga com canela. Outro remédio era a visão da majestosa cachoeira. "Quem diria que o Paraíso era feito de águas? " Olhos nas grossas fontes colossais, que desaguavam no rio formando ondas espumosas, Antonieva esquecia-se do barulho ensurdecedor e seu coração apressado acalmava-se, tocando o ritmo das águas. Era como se o excesso de ruído contínuo se transformasse em silêncio absoluto. Diante de uma das sete maravilhas do sertão, a jovem desbravadora meditava, profunda:

– Será que os anjos têm nadadeiras no lugar de asas?

Desde que conhecera a catarata, passou a dormir melhor, gastava as raras horas de agitação noturna a corrigir a velha Bíblia que tinha em casa, alterando cada passagem que falava em Céus por Águas. Turbinada pela audição que às vezes captava frequências de outros países e povos, sua imaginação voava tão longe que Antonieva chegaria a cogitar se Deus, Nosso Senhor, não era uma mulher.

Em homenagem às visões da esposa, Noé Antonio batizou sua fazenda de Água Limpa. No final da vida, o fazendeiro teria dito: "Fui bom marido, mas acho que Antonieva merecia mais".

Além da mulher que tudo ouvia, Noé – então, com quarenta anos – pisara nos campos do Avanhandava acompanhado da dupla prole: os jovens João Antonio e Noé Antonio Filho. Outros Capa Negra se uniriam a esta tardia bandeira familiar, na margem direita do Tietê, onde fundariam o patrimônio de Nosso Senhor dos Passos. Traziam, em suas malas, o dócil gado Caracu, de pelagem amarela e carne macia. Aos bocadinhos foram chegando famílias interessadas em plantar boizinhos no cerrado, sendo a mais promissora a de Belquior Pinto Caldeira, que para lá fora de Minas Gerais, com os irmãos Baltazar e Gaspar. Os Pinto Caldeira, irmãos de três pais diferentes, eram os anfitriões da festa de Santo Antônio casamenteiro, que sempre acabava com batata doce e moranga com rapadura assando na brasa da fogueira.

Uma revoada de araras azuis como nunca se tinha visto por aquelas bandas anunciou a chegada de novidades no Patrimônio de Nosso Senhor dos Passos. As araras voavam agitadas, invadindo as casas, roubando pitangas dos pomares, enquanto perdiam as penas coloridas que Antonieva e sua futura cunhada, Lia Goulart, recolhiam para fazer leques e arranjos florais. Lia estava na Água Limpa para celebrar seu matrimônio com João Antonio, filho de Noé. Para o casamento vieram Castros de todos cantos – incluindo Maria Capa Negra, que ainda não havia sumido, acompanhada pelos filhos e o espírito de Abel Antonio, que tratou de ficar no terreiro para não assustar a noiva. Lia, no entanto, não era de se amedrontar fácil. A revoada de araras a fizera achar aquela terra encantada.

Seguiram as araras, uma matilha de cachorros do mato ganindo de medo e rodopiando feito redemunhos na terra seca da fazenda Água Limpa. Os ouvidos sensíveis de

Dona Antonieva doeram muito e Jorge Luis se lamentou por não ter trazido os pincéis para pintar a cena. Quando as coisas pareciam ter acabado, Tereza foi ajudar as criadas de dona Antonieva a enfeitar as mesas com flores de ipê e algumas rosas que cultivavam no jardim.

A toalha de renda toda trabalhada havia sido bordada por Maria Capa Negra com suas famosas agulhas de osso, prata e marfim; ferramentas confeccionadas por artesãos cariocas no tempo em que Maria frequentara a corte e ainda era ama de Dom Pedro II. Tereza tinha ódio dessas agulhas. Recordava uma viagem que fizera para Rio Preto acompanhando a sinhá, onde o cesto de costura de Capa Negra se perdera. Maria ficara irritadíssima com o desaparecimento do cesto, que a lembrava de Dom Pedro I, e – enrolada na mantilha negra – dissera que só partiriam de lá quando encontrassem seu material de costura. Armou-se um tremendo acampamento no local, mataram-se dezenas de frangos que acompanhavam a procissão e todos saíram revirando arbustos e buracos de tatu atrás das agulhas. Passou-se um dia, uma semana, um mês e nada do cesto aparecer. A comida escasseava, o tédio enlouquecia e os biriguis faziam do bando banquete fácil. Cada filho, então, tentou ajudar a mãe e a criadagem de acordo com as ferramentas que possuía. Abel Segundo levantou toda pedra que encontrou no caminho, chacoalhou as árvores de peroba e jequitibá e durante os trinta dias que passaram ali não dormiu nem cinco horas. Josué Antonio culpou Procópio pelo sumiço. O caboclo sentiu-se humilhado. Nunca havia roubado nada na vida. Preferia passar fome a tomar do pomar dos outros, e agora aquele moleque mimado vinha lhe acusar de ladrão? Josué Antonio se irritava com a negativa do capataz e distribuía chibatadas na criadagem, chutava os cachorros de caça e até ameaçava botar Tereza na máscara de Flandres. Foi aí que teve a ideia de revistar toda a tropa. Uma pequena fila se formou, mas ninguém aparecia com as agulhas de Sinhá Capa Negra. Restavam na fila Tereza e Procópio, o que deixava a mãe morta de preocupação, pois temia que o filho, sozinho com o sinhôzinho furioso, fosse ser vítima de alguma violência. Correu, então, para a tenda de pano e se jogou no chão, fingindo que tinha uma visão tremelicante de onde estava a agulha. A sorte de Procópio foi a desgraça de Tereza. Josué pegou a relha e agrediu furioso a cabinda. Esfolada, Tereza jurou para si mesma vingar-se daquela humilhação. O ódio que gerara condenaria Josué a jamais ser correspondido por mulher. Tereza rogou a praga, enquanto se lavava com lágrimas. Escapara por pouco de algo pior. Apesar dos esforços de Abel e Josué, quem conseguiu encontrar as agulhas da mãe foi o surdo Jorge Luis. Entediado pelos trinta dias que passavam acampados, o jovem se metia pelas matas para retratar cada cabriúva, cedro e canela que encontrava pelo caminho. Achava as árvores mais belas que os homens e considerava aquele caderno de esboços seu álbum de família. Quando seu irmão Josué Antonio revistou Tereza, Jorge Luis pressentiu, no meio da mata, uma agitação estranha. Qual não foi sua surpresa ao flagrar chorando baixinho seu finado pai, Abel, arrependido por ter escondido nas coisas de Procópio as agulhas de Maria Capa Negra. Seus pensamentos ecoavam pelos poros.

– Eu não queria fazer mal para a mulher, Jorge Luis. É que o ciúme daquele cesto estava me matando pela segunda vez. Sempre que sua mãe pega naquelas agulhas, ela lembra de Dom Pedro. Isso eu não aguento, por isto escondi as agulhas.

Resolvido o mistério, a comitiva dos Capa Negra pôde seguir sua viagem para a Vila do Rio Preto e, anos depois, estavam todos reunidos na fazenda Água Limpa para o casamento de Lia Goulart com João Antonio – sobrinho de Maria Capa Negra. Quando Capa Negra estendeu a toalha de linho ricamente bordada e dona Antonieva tirou a louça inglesa do armário de peroba, veio a terceira onda de animais precedida pelas araras azuis e os cachorros do mato. Era uma nuvem de grilos que passou tiritando alto e devorando toalhas e vestimentas. Três levas de animais prenunciaram forasteiros.

Maria Chica do Carmo chegara de mala e cuia para se estabelecer na fazenda Boa Vista do Lageado. Veio junto com os criados e a camaradagem que acompanhavam o fazendeiro Alexandre Ferreira. A caboclinha de dezessete anos era casada com Frutuoso Bugreiro, temido matador de nativos. Maria Chica tinha nojo do marido que a desvirginara aos onze anos. Pensava que se aquilo era a forma que Deus havia escolhido para gerar filhos, então, era melhor que a humanidade se acabasse em deserto. Vinham de Minas Gerais atraídos pela oferta de trabalho para bugreiros. No caminho, Maria Chica admirava-se com os modos de Alexandre Ferreira, que escrevia todos os dias num pequeno caderninho de capa de couro e sempre mantinha as botas lustrosas.

Quando a comitiva chegou de surpresa ao casamento de João Antonio Castro e Lia Goulart, foi cordialmente recebida e convidada a participar dos festejos. Lia estava desolada, pois seu vestido havia sido esburacado pela nuvem de grilos, mas, Maria Chica se dispôs habilmente a remendá-lo. Frutuoso Bugreiro não tirava os olhos de Dora de Jesus. As bodas foram realizadas pelo padre Rangel, da Colônia Militar. Havia porcos e frangos assados, refrescos de laranja, de maracujá e vinhos portugueses. Os noivos foram recepcionados por uma salva de tiros, no lugar dos ainda inexistentes rojões. Um desses tiros ricocheteou na parede, acertou o pescoço de uma égua e depois pegou o crânio do cachorro, nomeado Lobo, que acompanhava o pai da noiva. Bico Doce, um dos violeiros presentes, improvisou uns versinhos em ritmo de catira para brincar com a desgraça do homem: "O senhor Goulart/Ficou muito assustado/De ver seu cachorro Lobo/De bala machucado."

A alegria regia o bailado de pés, bocas e vontades que confraternizavam na fazenda. Só não compartilhava daquela felicidade rara, Tereza, dos olhos de sal, para quem a visão da toalha rendada por Sinhá Maria Capa Negra a lembrava da humilhação vivida na tenda de Josué Antonio. A cabinda sentia que tinha engolido o mar de ressaca. Para se vingar, preparou uma beberagem de veneno e colocou no copo de Josué. Acontece que, naquela hora da noite, animado pela violada e a cachaça; Frutuoso Bugreiro estava fora de si e já começava a se engraçar com Dora de Jesus na frente do marido dela. Para provocar Josué Antonio, Bugreiro tomou toda a bebida de seu copo e saiu doidivanas, espumando e uivando para a lua. Envenenado, morreria instantes depois.

A morte de Frutuoso transformou a festa de casamento de João Antonio Capa Negra e Lia Goulart no velório do recém-chegado. Josué Antonio providenciou uma rede que os irmãos Ferreira alçaram numa longa vara e foram levando nas costas em direção ao cruzeiro mais próximo. Na frente ia Procópio gritando pela estrada de terra "Às almas, às almas!", convocando todas as almas cristãs dos sítios vizinhos a pararem na estrada para prestarem homenagem ao morto desconhecido. A praxe era que a rede fosse passando de ombro a ombro até que chegasse ao local onde seria enterrado o defunto, a sete palmos do chão. No pé do cruzeiro, Alexandre abriu a cova que Belquior Pinto Caldeira cobriu com madeira grossa para que os tatus não devorassem o cadáver, poupando os bichinhos de uma indigestão. Padre Rangel benzeu Frutuoso Bugreiro com água de alecrim, rezou em latim e repetiu a longa ladainha das indulgências. Sobre o montículo de pó que identificava a cova, Alexandre jogou três punhados de terra e repetiu a superstição que dizia: "que a terra lhe seja leve, esqueça o que te devo e, também, o que me deve. " Agradecida, a viuvinha Maria Chica abraçou-lhe forte. Não se requeria muita sagacidade para saber que seu coração acelerava, não pelo luto do falecimento, mas pelo nascimento de um grande amor.

NAQUELES TEMPOS, as coisas mudavam tão depressa que em um único dia havia ocorrido um casamento, um velório e a chegada de Maria Chica que já despertava intensas paixões em Nosso Senhor dos Passos. Bastou João Capa Negra – cavanhaque e peito largo, aos dezessete anos – pousar os olhos na recém-chegada Maria Chica do Carmo para saber que, assim como todos os homens de sua família, seria profundamente infeliz no amor. A súbita morte de Frutuoso Bugreiro encheu de esperanças o coração recém-descoberto de João Antonio Capa Negra, ao ponto de fazer com que não consumasse sua noite de núpcias com Lia, a fim de guardar sua virgindade para a viuvinha que falava a língua dos pássaros, atirava como homem e calculava perfeitamente, mesmo sem saber ler e escrever.

Mas os versos românticos de Alexandre Ferreira, ainda que copiados de Manoel Maria du Bocage, pareciam imbatíveis. A batalha estava ganha antes mesmo de Frutuoso Bugreiro espumar e uivar até que seu coração felpudo parasse de bater. Maria Chica precisava desvendar o mistério de quatro letras que havia passado seus dezessete anos escutando, mas nunca experimentara. Quando finalmente descobriu o que era amor, casou-se um mês depois de enviuvar, para o horror das mulheres locais que sempre se lembravam do exemplo da outra Maria Francisca, a Capa Negra, que até desaparecer usara um manto negro em homenagem ao marido morto. Em catorze anos, Maria Chica e Alexandre Ferreira tiveram dez filhos, sendo que o que mais lhes preocupava era Joaquim, filho homem nascido depois de sete mulheres, que podia, fatalmente, ser lobisomem. Só de lembrar do finado esposo uivando até morrer, Maria Chica rezava um rosário inteiro para que seu filho não passasse por desgraceira parecida. Por isso, prometeu meter Joaquim no seminário tão logo ele completasse catorze anos e ficou preocupadíssima ao ver que, antes mesmo dos onze, o menino já apresentava penugem no rosto, nos sovacos e nas partes íntimas.

A paz era tamanha que Antonieva, pela primeira vez em sua vida pôde ouvir o silêncio. Kaingangs e colonos viviam por ali em certa harmonia, cada um falando um pouco da língua do outro. Não era comum haver escravos naquelas bandas porque os fazendeiros não tinham dinheiro para comprar africanos, e escravizar nativos seria visto como declaração de guerra. Os kaingangs eram liderados pelo põ'í bang Congue-Huê. Lia gostava de Congue, assim como de tudo que era natural daquela região quente, seca e selvagem. João Antonio, talvez por ciúme, dizia que o põ'í bang era "velhaco e mal". Congue-Huê podia ser velhaco e mal, mas chefiava dois mil arcos, então era melhor não repetir tal calúnia. Ao longo daquela década que passou feliz e intensa, a melhor opção para os Castros, os Moreira, os Pinto Caldeira e outras famílias que chegavam por lá era respeitar os nativos e fazer negócio com eles. Os brancos trocavam metais, espelhos, facões, cachaça e tabaco por mandioca, milho, araras e algum trabalho. Havia kaingangs nas roças de algumas fazendas, trabalhando como guias e reunindo gado desgarrado.

Sob o luar limpo do sertão, a sagaz Nindá, seu companheiro Rugrê, o chefe Congue-Huê, o explosivo Iacrí e mais meia dúzia de kaingangs kairu estava voltando do rio. Conversavam sobre o massacre de uma aldeia de quarenta oti-xavantes, comandado por Sancho Figueiredo. Os xavantes costumavam ser inimigos dos kaingangs, mas estavam sendo rapidamente dizimados pelos brancos. Os poucos que sobravam eram vendidos como escravos. Nindá teve um arrepio na espinha ao imaginar-se sendo usada pelos brancos, desprovida de liberdade.

– Nossos arcos não permitirão – falou Rugrê – somos mais de dois mil, não somos fracos como os oti-xavantes, que já estão acostumados a perder mulheres e filhos pros kaingangs. E ainda temos a liderança do valente Congue-Huê.

Congue-Huê se envaideceu com o comentário e concordou com Rugrê, mas sem o coração convicto. Andava tendo sonhos de derrota. Dentes caindo da sua boca, parentes mortos o chamando para comer, falta de firmeza nas mãos ao empunhar o tacape. Esses sinais não eram bons, mas preferiu não alarmar os jovens Rugrê e Nindá. Talvez eles não chegassem nunca à idade de Congue-Huê, mas era melhor viver pouco com esperança, do que viver muito com certeza da derrota. "Se meu povo for morrer", pensava o cacique, "levaremos o máximo de brancos conosco".

Estava entretido com o coaxar dos sapos em sintonia com o chichiar das cigarras, quando viu uma vaca de João Antonio Capa Negra. A ruminante acabara de dar cria e estava acossada por uma onça parda de um metro e meio de comprimento. Estar ali, naquele momento, era um privilégio. A vida ou a morte daquele animal dependiam da sua ação. Era assim que os Deuses e as mães se sentiam diariamente. "Isso vai fazer o João respeitar mais os kaingangs", pensou.

– Rugrê, vamos devolver essa vaquinha pro branco João da fazenda "Água Limpa".

– Matar onça pra branco, Congue-Huê?

– Os brancos vão ficar nos devendo mais uma. Essa vaca vale mais metal que uma semana completa de trabalho na roça do Modesto.

Rugrê não falou mais nada. Esgueirou-se, felino, até o topo de uma árvore, onde fez boa mira e cravou uma seta de ponta aguda no meio da cabeça do animal. Outra seta rápida, disparada por Iacrí, terminou o serviço, auxiliada por fortes golpes de tacape desferidos por Congue-Huê e outros kaingangs que moeram os ossos do faminto bichano.

Congue-Huê, e sua gente, levaram a vaca, marcada com o símbolo dos Capa Negra, até uma mangueira no pomar da fazenda e deixaram-na presa, com o filhote, no tronco grosso e áspero da árvore. Pegaram, como paga, algumas espigas de milho na roça dos Capa Negra e partiram sob a benção de milhares de estrelas pulsantes.

Esse tipo de camaradagem entre os kaingangs e os colonos daquele patrimônio era comum. Grosso modo, os agricultores restringiam-se a ocupar, com suas cabeças de caracu, os campos de cerrado; enquanto os kaingangs vagavam pelas matas. Quando algum branco invadia sua área ou derrubava uma de suas florestas para traçar roçados, os homens de Congue-Huê deixavam montinhos de areia com uma flecha fincados nele, como avisos. Os Capa Negra, Moreiras e Pinto Caldeiras evitavam se meter com as matas e desafiar os kaingangs. E assim a harmonia era dominante. Na fazenda dos Moreira, por exemplo, havia cerca de 25 kaingangs ajudando na roça, entre eles Rugrê e Nindá.

O viúvo Modesto Moreira, chefe da casa, era muito amigo de Maria Chica, a quem tratava por comadre. Maria havia começado a comerciar alguns produtos da região em sua propriedade, entre eles as farinhas de mandioca e milho que os Moreira produziam. Por isso pediu para conhecer as instalações do sítio. Modesto veio, ainda pequeno, de Benguela, trazido para terras de João de Almeida Prado, o Coluna de Itu, onde trabalhou na lavoura do café. Na fazenda dos Almeida Prado, Modesto conheceu um padre jesuíta que se afeiçoou a ele e o comprou para serviços domésticos. Com o padre, aprendeu marcenaria e as primeiras letras, o que valorizou seu preço e permitiu que fosse para São Paulo trabalhar como escravo de ganho. Os escravos da cidade que executavam tarefas remuneradas e tinham que pagar uma quantia fixa para os donos, todo mês. O que sobrava podia ficar com eles. São Paulo era uma cidade pequena, fria e cheia de charcos. Com o dinheiro que juntou, Modesto comprou sua liberdade e a de outros dois filhos e arrendou terras na região de Descalvado. Sua grande tristeza foi saber que a antiga companheira havia falecido na lavoura. O sucesso de seu pequeno moinho lhe estimulou a procurar o próprio sítio. Quando ficou sabendo que havia muitas terras devolutas, na região dos campos de Avanhandava, mudou-se para lá com os filhos Israel e Ana. Modesto era muito orgulhoso do seu monjolo, com o qual produzia farinha que ia vender no povoado do Salto do Avanhandava – povoado, criado junto com a Colônia Militar, que crescia rapidamente.

– Olha, comadre Chica, para acionar o monjolo que tritura o milho, eu fiz um esquema que puxa água do ribeirão por um rêgo.

– Modesto, você é um engenheiro!

– Que é isso, mulher, exageros são coisa de rico. Deus me ajuda um tanto. Agora venha aqui na casa das farinhas. Olha só, temos aqui uma roda de ralar a mandioca e uma prensa de espremer a massa e extrair polvilho. Ali, ó, estão os tachos de torrar e os balaios trançados pelos kaingangs.

– Jesus te abençoe! Isso aqui está um verdadeiro engenho, seu Modesto.

– Minha ideia é expandir mais ainda, quero voltar pra Itu como sinhô.

– Eu boto fé. Quem trabalha duro só pode ser recompensado.

– Amém, comadre, amém.

– Como é que você conseguiu aprender tanto, Modesto?

– Orei muito pra Santa Rita de Cássia, a madrinha do Sertão. Uma mulher que sofreu o inferno em vida, mas também operou muito milagre. Casou nova com um marido imprestável que lhe dava só desgosto. Mataram o marido e ela virou freira. Também contei muito com a ajuda do padre que me criou, e de Deus.

Montada num burrinho pardo, Chica voltou para sua fazenda admirada com o engenho do seu Modesto. "Que homem jeitoso", pensou com carinho. "Se não tivesse nascido preto, poderia ser engenheiro de verdade, ou, quem sabe, até Presidente do Conselho de Ministros". Quando passou pela porteira, sentiu orgulho da sua propriedade, de tê-la erguido em poucos anos com Alexandre. Entre o nascimento de um filho e outro, construíram um casarão sobre tocos de aroeira, com uma sala espaçosa, e provido de forro de esteira de bambu e largas varandas. Passando pelo paiol e o chiqueirão, decidiu que iria pedir para o Modesto construir um monjolo para que ela pudesse descascar café e arroz e despolpar o milho. Enquanto pensava nisso, gritou para o filho Joaquim pegar a mulinha e levá-la até o curral, porque ela tinha mais o que fazer: o marido iria viajar no dia seguinte para o Rancho Queimado. Seriam sete dias sem se verem. Seu corpo começou a sentir abstinência na hora. Como era diferente amar alguém! "Já sei", pensou, "vou aproveitar que hoje é dia de banho e me arrumar toda pro Alexandre. Esta noite ele me transforma em poema!". Sorria com a lembrança do marido que agora deveria estar de chapéu de palha na cabeça, lenço no pescoço e suor escorrendo pelo corpo largo. "É o homem mais bonito da região. Hoje eu viro verso e amanhã vou fazer uma despedida surpresa pro Alexandre. Vai ter leitoa assada, do jeitinho que ele gosta, mais laranjada e doce de abóbora." Quando Joaquim se aproximou para pegar a mulinha, ela esqueceu do marido por alguns segundos e olhou para o filho:

– Mostra os dentes, moleque!

– Ah, mãe, para...

– Não fala assim com a sua mãe, Joaquim, quero ver os seus dentes.

– Tá bom, tá bom.

– Hum, parece normal, não tem cara de canino de lobisomem. Vai rezar, vai Joaquim. Daqui uns anos você vai virar padre.

– Mas, mãe, eu não quero ser padre, eu quero mesmo é casar com Nindá.

– Moleque safado, a Nindá é uma mulher, é uma índia, e você é um bebezão. Que tá pensando? Além do mais Nindá é índia comprometida, é mulher do Rugrê. Isso é pecado!

Depois das duas festas de despedida, Alexandre Ferreira beijou os dez filhos e o enteado, e se colocou a cavalo em direção ao Rancho Queimado. Deixou para mulher a promessa de lhe trazer, na volta, o mais bonito poema romântico que um brasileiro já escrevera. Seu destino ficava na margem direita do Tietê e todas as noites, quando ele e os irmãos Pinto Caldeira paravam, Alexandre Ferreira procurava escrever algumas rimas. O diabo é que a coisa não estava mais saindo.

– Antigamente parece que a paixão me comia por dentro – confessou ao compadre Belquior Pinto Caldeira – Agora meu coração anda morno, não sei. Não consigo mais escrever os versos.

– O problema é o tempo, compá, o tempo é um amigo precioso para esquecer as vilanias, mas um inimigo terrível pra mornar o fogo do amor.

– Será que não estou mais apaixonado pela Maria Chica, Belquior?

– Homem, vocês tiveram dez filhos; amor tem, que esbórnia não gera prole grande. O problema é que você gastou muita paixão em pouco tempo. Amor deve ser apreciado com paciência. É que nem um bom feixe de cana que você encontra na estrada. Se você chupa logo, se lambuza e fica sem.

– Isso é terrível, compadre. Devia ter me guardado mais, será que só vou conseguir sentir o fogo da inspiração quanto estiver com ela nos braços?

– Isso é fácil de saber, cumpadi... Se quiser tirar a prova, prove outra mulher.

Todos riram, mas aquelas palavras soaram ofensivas para Alexandre. Ele nunca trairia a dedicada esposa. Tomado de raiva pela ofensa, e ao mesmo tempo feliz com a sensação de compaixão pela esposa que lhe atingiu o coração, veio a febre que fez Alexandre escrever freneticamente. No terceiro dia, movido apenas a café preto, empapava a camisa e delirava em versos rimados, animado com a epifania que o fazia poeta, finalmente. O problema é que a empolgação foi tanta que Alexandre acabava uma estrofe e já passava a tremer loucamente, arrependido de ter duvidado de seu amor por Maria Chica. Cada lembrança do corpo da mulher era uma inspiração e um terremoto nos nervos. Na manhã seguinte, não conseguia mexer os dois olhos ao mesmo tempo, o que dificultava a conclusão. Foram várias convulsões. Colocou o ponto final em sua obra-prima quando entrou em coma. A morte veio certeira no mesmo dia. O caderninho com os versos foi esquecido pelo compadre Belquior, que em prantos o carregou de volta, em uma rede pendurada nos

DESAMPARO 47

ombros, com a ajuda e as orações quebradas dos irmãos Pinto Caldeira.

Parecia só paixão, mas era malária.

ONZE FILHOS não foram suficientes para consolar o pranto de Maria Chica, ao saber do fim de seu amado Alexandre Ferreira, que ardeu de paixão até morrer. Chica chorava pelo marido perdido e chorava, ainda mais, ao descobrir que o último poema que ele havia escrito, em sua homenagem, também se perdera. Belquior Pinto Caldeira, que só sabia assinar o nome e fazer as quatro operações da matemática, dizia que o poema era a obra-prima do compadre. Maria Chica sabia que lhe escapara a única chance de ser tornar imortal – que era a mágica de transubstanciar a carne de uma pessoa viva em versos. Chorava também a falta do corpo do homem que lhe ensinara o amor. Alexandre era bonito que doía nas vistas; tinha queixo quadrado, barba feita e seu peito largo era uma cama onde Chica se aninhava nas noites tristes. Até o cheiro era bom. Não havia homem que lhe chegasse aos pés. Com exceção, talvez, do compadre Modesto Moreira, o que provocava grande ciúme em João Antonio Capa Negra, que apesar de seguir fazendo filhos em Lia, não esquecia a viuvinha de segunda viagem.

– Irmão, não se meta com aquela mulher. Além de você ser casado, a viuvinha já enterrou dois maridos. Ela tem um encosto forte. Se contente com a Lia, que além de cozinhar bem e rir de pouco, é conformada com as realidades da vida.

As palavras de Noé Antonio Filho eram vãs, mas João Antonio não passeava pelos pensamentos de Maria Chica. A viuvinha sofreu sete dias de luto profundo, vestida de preto e vertendo lágrimas que transbordaram o ribeirão que corria ao lado de sua propriedade. Belquior se ofereceu para administrar a fazenda, mas Maria Chica disse que não queria outro homem mandando na sua casa.

Vencido o sétimo dia de seu luto, Maria Chica foi até a fazenda dos Moreira para encomendar um monjolo para sua casa. Agora estava decidida, e mais trabalho poderia lhe ocupar os pensamentos. No mês seguinte, sempre de vestido preto, ela era vista com Modesto Moreira em reformas na fazenda "Boa Vista do Lageado". Com o monjolo, passou a fazer farinha e fubá e também a descascar o milho. Organizou, em seguida, um mutirão – o primeiro chefiado por uma mulher. O objetivo do trabalho coletivo era construir, em um anexo do casarão, um armazém bem abastecido de munições, sal, açúcar, tecidos, calçados, rapadura, algumas frutas e querosene. Também vendia charque aos viajantes que transformaram a fazenda "Boa Vista do Lageado" em parada obrigatória para quem passava pelos Campos do Avanhandava.

Depois daquele mês de trabalhos árduos, Chica ficou sabendo que estava grávida do décimo segundo, ou melhor, da décima segunda filha, que chamaria de Rita – como a santa de Cássia, padroeira do Sertão. Rita era pouco nome pra última filha. Rita Telma, pra ficar com nome de gente

50 FRED DI GIACOMO

importante. "Alexandre não me deixou os versos de herança, mas tenho um pedacinho dele no ventre", falou para os agregados e parentes, a viuvinha de 31 anos que agora dividia seu tempo entre costurar o enxoval da caçula, administrar os negócios que prosperavam e fazer visitas aos Moreira. Seu braço direito era a filha Maria Justina, a que mais levava jeito para o comércio, mas os outros dez filhos também ajudavam nas tarefas que a mãe comandava com maestria. Os filhos de Chica eram meio imprestáveis, mas cada filha era muito prendada em ao menos um serviço: Justina nos negócios, Esmeralda na limpeza e Emília no tiro e no trago. O jeito fanfarrão de Emília, seu gosto pela bebida e sua risada de trovão, conquistariam o madurão Noé Antonio Filho, que era quinze anos mais velho que a moça. Beberam, amaram, dançaram, mas Emília morreria nove meses após parir Ricardinho Capa Negra. Fugindo da maldição, Esmeralda nunca se casou e passou a vida trabalhando na casa de Manoel Antero dos Santos, tendo uma porção de filhos imaginários, nascidos de suas gravidezes psicológicas.

O problema do falecimento de Alexandre Ferreira foi que ele abriu os caminhos para morte buscar os patriarcas e matriarcas que reinavam nos sertões de São Paulo. Em poucos meses desapareceram Maria Capa Negra, seu filho Jorge Luis e o cunhado Noé Antonio. O odiado Josué Antonio, nos lados de Ribeirãozinho, e João Antonio, nos campos do Avanhandava, passaram a ser os Capa Negra mais proeminentes. Quando veio junho, junto ao frio e ao pinhão, chegaram às terras de João Antonio os compradores de bois para engorda. Vinham de Araraquara, Jaú e Jabotical. Além de alguns Almeida Prado, estava entre esses compradores, o poderoso Barão de Antonina, que contava na época com noventa anos. Ele, que havia sido tropeiro na juventude, gostava de escolher pessoalmente as cabeças de gado que iam engordar, ainda mais, sua obesa fortuna. Bem vestido, com a barba feita e os ralos cabelos brancos penteados, o Barão – que era àquela altura senador e pai do Estado do Paraná. Cavalgara, como moço forte, desde o bairro do Brás até os campos do Avanhandava, parando pouquíssimas vezes para esvaziar a bexiga, ato que gostava de fazer para exibir o membro descomunal, motivo de susto para moleques novos e guaranis batedores. "É grande e velho, mas ainda sobe", lembrava, orgulhoso, aos espectadores boquiabertos. Já acomodado na residência de João Antonio, o Barão aguardava o farto almoço farejando, faminto, o boi que assava, inteiro, no rolete. Enquanto assistia aos peões laçarem o gado no rodeio, o Barão ouvia João Antonio Capa Negra e Belquior Pinto Caldeira discorrendo sobre os planos de criar um centro urbano no Lageado.

– Barão, as coisas aqui estão em progresso. O Pinto Caldeira já doou uma área da propriedade deles, às margens do Ribeirão Lageado, para fundarmos o patrimônio.

– E os índios?

– Estaremos a apenas nove quilômetros da Colônia Militar, meu Barão. Eles nos darão cobertura para manter os índios afastados.

– A Colônia Militar?! A Colônia é um amontoado de famintos que só não come a pólvora do paiol porque têm medo de peidar uma explosão e começar uma guerra. Os molambos mal nos garantiram a segurança durante aquela baderna com o Paraguai.

– Barão, sejamos justos: há o vapor na Colônia. E o vaporzinho patrulhou, valente, a foz do Tietê e alguns trechos do Paraná. O vapor era o progresso singrando as águas doces da Noroeste, meu Barão.

– O vapor patrulhava o rio para que os colonos tivessem mais tempo de sair correndo, se o Solano Lopez atravessasse o Mato Grosso com seus bugres. Era um cão que ladra sobre os mares. E, outra, já existe a vila do Carmo do Avanhandava... Me perdoem a sinceridade de quem não tem mais muito tempo na terra, mas para que outra vila, meus filhos?

– Barão, os campos da margem esquerda do Tietê têm se desenvolvido numa velocidade britânica. Por aqui temos pretos proprietários de duzentos alqueires de terras e mulheres que lideram o comércio da região. Uma terra onde até pretos e mulheres prosperam só pode ser uma nova Canaã.

– Não blasfeme, João, vamos ser diretos: se a cidade de vocês vinga, ou você ou o compadre Belquior Pinto Caldeira acabam sendo coronéis dessa Canaã do Sertão. Decidam-se!

– Que é isso, Barão, de minha parte e de minha esposa só queremos ser patriotas e contribuir com o progresso. O Brasil é o país de futuro, não podemos mais viver como bugres. Pra mim o dever cumprido basta, deixo as honrarias pro compadre João Antonio, que tem jeito pra política.

– A doação já está feita, Belquior?

– Feita e lavrada no Cartório de Bariri, Barão. Nos campos da parte alta, do lado direito, construímos o cemitério onde enterramos o Noé Antonio Castro.

– Bom homem o velho Capa Negra. E a igreja já deu a bênção?

– O levantamento do cruzeiro e a benção do cemitério aconteceram com a presença do pároco da Colônia Militar, padre Rangel.

– Meus filhos, eu sou apenas um velho homem, cujo futuro parece um sonho distante, mas do que depender de mim, Nosso Senhor dos Passos vira município. Eu apoio vocês.

– O progresso é um milagre que acontece diariamente nesses sertões, Barão. Vamos vê-lo vivendo cem anos e enterrando muito mocinho ainda. Um brinde ao futuro!

– Um brinde, um brinde.... Mas não aos pretos e as mulheres, João.

– Aos pretos e as mulheres também, meu Barão. Uma nova Canaã!

– Eu, graças a Deus, sou velho. Meus pretos estão nas correntes e minhas mulheres na cozinha. E assim pretendo mantê-los. Não quero viver pra ver preto livre e mulher mandando em casa.

– Que é isso, Barão. Tenha fé no progresso.

– O progresso, meus filhos, ainda vai ser um triste lugar onde chamaremos índio de gente.

Maria Chica era a primeira em casa a acordar e a última da família a dormir, sempre bebendo – todos os dias – pelo menos quatro xícaras de café plantado e moído em suas terras. O mascate turco Seu Dib havia ensinado a viúva a coar seu café com uma pequena semente, parente do gengibre, chamada cardamomo. "O problema", dizia Dib sem malícia, "é que o cardamomo é bom pra tudo, mas desperta muito fogo interno". Sem Alexandre para lhe acalmar o fogo da alma, o café com cardamomo estimulava Chica a trabalhar freneticamente, gastando suas faíscas em bons negócios e melhorias para a fazenda. Sentia-se na obrigação de ser pai e mãe para seus doze filhos, mesmo que sempre pudesse contar com a ajuda do compadre Belquior e a solidariedade das mulheres da região. Depois da segunda viuvez, concluíra que homem, se não bebesse muito, era uma alegria durante a noite e um atraso ao amanhecer. Sua vida tinha melhorado muito com a morte de Frutuoso e agora os negócios andavam no ritmo do café com o falecimento de Alexandre Ferreira. Suas doze crianças nunca haviam comido tão bem... Tinham até mestre escola que lhes ensinava as primeiras letras.

O oeste andava excitado pelo efeito da cafeína. Bebia-se muito café, em São Paulo, adoçado com o açúcar da cana. Dormia-se pouco, falava-se muito e sonhava-se acordado. As fronteiras eram alargadas diariamente em direção ao oeste, as terras eram férteis e o dinheiro dos ingleses irrigava-as com utopias. Os Capa Negra não se interessavam pelas novas ideias que o progresso trazia. Para eles o progresso era apenas uma ferramenta que transformava a natureza em dinheiro e conforto. Mas como seu armazém havia se tornado parada obrigatória para os viajantes, Maria Chica tinha sempre a oportunidade de conversar com pessoas mais inteligentes e interessantes que os Castro, homens que se davam melhor com vacas do que com mulheres. Passavam por lá figuras como o próprio mascate Dib Jorge, que além do café com cardamomo, também enchia a cabeça de Maria Chica de imagens que ela coloria com a imaginação, antes de dormir.

Era baseado nos relatos desses viajantes, que a viuvinha sentia orgulho dos aplausos que o brasileiro Carlos Gomes, nascido ali em Campinas, no interior de São Paulo, havia ganhado no chique Teatro Scala, de Milão, com "O Guarani" – ópera sobre os indígenas brasileiros. Maria Chica fez questão de contar a novidade para Rugrê e Nindá, mas os dois não gostaram de saber, pois os guaranis eram inimigos históricos dos kaingangs.

Estimulada pelas xícaras de café com cardamomo, pela algazarra dos doze filhos e pela liberdade de não ter homem em casa, Maria Chica nem se deu conta quando seu ano de luto acabou. Quem a lembrou da data foi Modesto Moreira, que bateu em sua porta no exato 19 de maio, dia em que a morte de Alexandre completava um ano:

– Comadre Chica, dia.

– Dia, compadre Modesto. Que vento te arrancou da cama tão cedo e te trouxe aqui antes do canto do galo?

– Comadre, eu vim lhe contar que este ano briguei com o Belquior Pinto Caldeira pra fazer a festa de Santo Antônio lá em casa.

– Isso é muito bom, compadre, as últimas duas tinham sido na propriedade dele, não?

– Isso, comadre, tinham. Aqueles Pinto Caldeira são muito arrogantes. Mas isso não é novidade. O que eu queria mesmo era te convidar para ir na festa do Santo Casamenteiro.

– Mas, compadre, eu estou de luto, esqueceu?

– Pois é, estava, comadre, estava. Aposto que a senhora nem se deu conta de que hoje faz um ano que o finado Alexandre, seu marido, se foi, que Deus o tenha em bom lugar.

– Verdade! Um ano!? Como o tempo voa. Bão, com o fim do luto, poderei voltar a fazer a festa de São Pedro aqui na minha fazenda também.

– Se preferir fazer aqui, conte comigo, comadre. Agora, eu queria te pedir mais uma coisa.

– Diga, compadre, peça o que quiser. Você sempre foi tão bom comigo.

– Eu queria te pedir pra casar comigo, no dia do Santo Antônio.

– Compadre, que é isso? Tomou aguardente, foi? A essa hora? Eu sou viúva duas vezes, acabei de sair do luto neste exato instante... O senhor que me lembrou, até.

– Mas quando a senhora se casou com Alexandre, só havia corrido um mês da outra viuvez, lembra? Agora, desta já passou um ano!

– Mas com Alexandre foi diferente…

Modesto não deixou Maria Chica completar a frase e foi pra casa com a picada de ódio no miocárdio, fagulha pro mal que o mataria anos depois, distante dali. No caminho, olhou para a pequena Rita com lágrimas nos olhos e cuspiu amargo no chão.

A festa de Santo Antônio, em sua fazenda, foi preparada com esmero e todos se admiraram com a limpeza do terreno e o sabor da comida. Na sequência, a festa de São

DESAMPARO 57

João foi comemorada na fazenda dos Capa Negra e, no dia 29 de junho, finalmente, Maria Chica tirou o vestido preto para voltar a viver, em uma grande festa de São Pedro – à qual compareceram colonos e kaingangs. O único que não apareceu por lá foi Modesto Moreira. João Antonio não sabia explicar, mas a ausência do angola lhe provocou ciúmes incontroláveis.

Quando todos já haviam chegado, sendo recepcionados por xícaras fumegantes de café e pinhões cozidos, que as crianças apanharam do chão na noite anterior; Joaquim e Tristão, filhos homens de Maria Chica, ergueram o mastro com a colorida bandeira de São Pedro. Maria Chica, puxou, então, o terço e foi seguida por todos os cristãos ali presentes – o que não incluía Dib e os três kaingangs. Encerrada a rezaria, Dib queimou os fogos dançantes que jurava terem vindo das Arábias e João Antonio Capa Negra puxou uma salva de tiros de espingardas pica-pau e pistolas pederneiras, que assustou os kaingangs da aldeia mais próxima. O jantar farto, que incluía galeto e leitoa assada, foi servido e acompanhado por bebidas que deixavam a vida menos cinza. Os homens enchiam seus copinhos sextavados com pinga amassada com limão e açúcar. Já as mulheres bebiam anisete e capilé, enquanto observavam as brincadeiras das crianças que emborcavam refrescos de laranja. Os irmãos Pinto Caldeira que moravam longe, foram os primeiros a subirem nos cavalos e carros de bois e pegarem o rumo da roça. Com o despontar da lua no céu, João Antonio Capa Negra ajudou Joaquim a acender a fogueira, a maior que se viu naquele ano, na qual Maria Chica, Lia Goulart e Nindá se revezavam assando batata doce e morangas com pedaços de rapadura. Era bonito de ver: duas fileiras de dançarinos – de um lado homens, do outro, mulheres – batendo palmas e sapateando ao som das violas de Bico Fino e Tristão Surdo. O religioso povo do sertão costumava crer que "todos bailados eram invenção do Coisa-Ruim, com exceção do cateretê, que chegara a ser abençoado, e quiçá praticado, por nosso senhor Jesus Cristo, quando este realizou sua sacra peregrinação para Jerusalém, a fim de celebrar a Páscoa". Para Rugrê aquilo era dança de kaingang e ele não se envergonhava de bailar com os matutos.

DIB, O MASCATE calvo e de grosso bigode que sempre aparecia na venda de Maria Chica para comprar araras e vender cardamomo, dizia que a verdade é como o elefante, que os sete cegos sábios indianos tentaram descrever sem a ajuda dos olhos. Um tateou a tromba e disse que o paquiderme era como uma cobra, o outro abraçou sua perna e achou-o parecido com uma árvore, um terceiro apalpou as presas e definiu o elefante como uma lança viva... A verdade é algo que não cabe nos olhos. Costumamos julgá-la pela parte; o todo pertence ao mistério. Procuro aqui contar o que sei pelos fósseis de uma gente que se foi, pelas fotos de um tempo que se apagou, pelas lembranças de uma velha que se esqueceu. O tempo correu na última década feito uma disputa entre a lentidão milenar do sertão e a pressa mecânica do progresso. Houve momentos de calmaria e calor; onde o sertão parecia vitorioso. Estavam lá kaingangs e oti-xavantes em disputas centenárias; jatobás e sapucaias – os gigantes enrugados das florestas – sendo acariciados pelo vento; e os veados mateiros, em seu eterno bailado de vida e morte, dançado com as onças. Os moleques nadavam nos riachos e o tédio era rompido, uma vez por mês, quando os homens saíam para caçar antas ou cervos. Houve também os redemoinhos: os republicanos ganhando força no país, a Lei do Sexagenário libertando os escravos com mais de 65 anos, a Lei Saraiva impedindo os analfabetos de votar. Novas famílias chegavam na região, derrubavam-se matas, pastoreava-se o gado, havia conflitos isolados com os kaingangs e disputas entre os coronéis. Os fragmentos da verdade estavam estilhaçados por um sertão tão grande quanto o universo havia de ser grande. Não existia nada do humano que não fosse garimpado em estado bruto naquelas terras incandescentes.

Trabalhavam na fazenda de Modesto Moreira mais de 25 kaingangs. Maria Chica que continuava muito amiga do angola, apesar da recusa no pedido de casamento, tinha passado por lá de manhã e comprado uma saca de farinha de milho. No caminho de volta, cruzou com João Antonio Capa Negra. O fazendeiro a cumprimentou sorridente, com um toque no chapéu, e esporeou o cavalo marrom, acelerando. Ia comprar farinha de Modesto. Quando chegou, Modesto proseava com Rugrê, enquanto trabalhavam a roça:

– ... isso não é lenda, Rugrê?

– Não, eu mesmo vi a mão de Xarin decepada e a orelha direita em frangalhos com meus próprios olhos. Ele foi o único que sobrou, mataram todos.

– Todos kaingangs?

– Sim, foi o Sancho Figueiredo. Agora ele é Coronel poderoso. Ele e mais uns trinta brancos, armados com espingardas, saíram em uma razia de seis dias. Levaram paçoca em sacos grandes pra comer e cercaram as aldeias na madrugada. Pegaram os kaingangs acordando, ainda com sono. Pouca índio sobrou. Depois ele envenenou as águas e as reservas de comidas com um quilo de estricnina. No final da razia tinham matado uns mil kaingangs.

– Bom dia, Modesto – João Antonio interrompeu a conversa.

– Dia, seu Jão.

– Que causo é esse que o bugrezinho aí tá contando com gosto?

– Olha, parece que o Coronel Sancho Figueiredo tem feito razias e dadas em direção ao noroeste. O Rugrê estava me contando que ele se meteu com uns Coroados aqui perto, no cruzamento do rio Feio com o rio Peixe.

– Isso mesmo, mataram mil kaingangs, sinhô João. Incluindo mulheres e crianças.

– Isso aí é o Rugrê que tá dizendo. Mas mil é muita gente, né não, Jão?

– Olha, Modesto, eu não tenho essas intimidades com índio que nem você tem, viu? Mas o causo pode até ser verídico. Ouvi dizer que o cunhado do Coronel Sancho trouxe uma dezena de escravos Coroados de uma razia.

– Escravos? Mas escravizar índios é proibido há trezentos anos no Brasil.

– Bão, isso você fala pro Sancho. Se bobear ele até te bota pra trabalhar na lavoura dele com essa tua cara preta.

– Hômi, me respeite!

– Calma, Modesto, não se pode mais fazer piadas, não? Tô só brincando, ora.

– O que não entendo é o que leva o caboclo a fazer uma maldade dessas, seu Jão.

– Sei lá, Modesto, vai ver é pra salvar a alma desses bugres, fazer uma obra civilizatória. Agora, dar trabalho e religião pros índios, isso eu concordo – o trabalho liberta e impede a cabeça de pensar besteira. Já essas matanças de mão cheia, isso é covardia. Duvido que o padre Rangel aprove.

– Mil pessoas? Isso é gente demais.

– Mil índios, Moreira. Mil índios. É diferente.

– Seu Modesto, seu Jão, esse Sancho não é que nem kaingang. Ele não pega mulher pra trabalhar, nem pra se casar com elas. Ele corta as partes de mulher com facão. O põ'í-bang Congue-Huê disse que nós temos que revidar. Iacrí concordou. E eu temo pela Nindá. Nosso povo não pode ouvir falar dessas matanças e continuar quieto.

– Nindá, é sua mulher, né, índio?

– Era.

– Cadê ela?

– O põ'í-bang Congue-Huê concordou que ela podia ficar com o Zé Hilário, que é apaixonado por Nindá há muito tempo. Ela ficou feliz. O Zé é nosso amigo. Deu duas pica-pau carregadas e uns metais pra gente fazer ponta de flecha. Eu deixei ele leva Nindá. Vai cuidar melhor dela que eu.

– Rapaz, que pouca vergonha é essa? Vocês dão suas mulheres de mão beijada assim pros outros cabras se deitarem?

– Não é de mão beijada. Zé Hilário é amigo, deu metal e pólvora pra nós se defender de gente como Sancho. E ele está apaixonado pela Nindá; conversaram com Congue-Huê... Ela também gosta dele. O melhor que eu tinha a fazer é aceitá.

– Olha isso, Modesto. Acho que eu também vou dar um pouquinho de pólvora pra brincar com a Nindá. É boa aquela índia.

– Não funciona assim, sinhô Jão.

– Funciona se eu quiser, caboclo. E me respeite, seu bicho do mato! Só fale comigo seu eu te chamar na conversa.

– Seu Jão, você nunca foi amigo dos Coroados. Vai querer deitar com a kaingang assim do nada? Tem que deixar eles catarem um milhozinho na sua roça, dar uns mimos. Mulher gosta de mimos, compadre. As índias são mulheres e não gostam de violência, não. Estão mais acostumadas a liberdade que as mulheres da cidade.

João Antonio se irritou ainda mais com a insinuação de Modesto e sentiu duplo ciúmes do produtor de farinha. "Esse preto safado deita com todas mulheres que desejo. Maria Chica, Nindá... Esse macaco arrogante merece é uma lição". Sem se despedir, João saiu em disparada, cavalgou em direção à fazenda dos Pinto Caldeira. Quando venceu o cerradão; Baltazar, Gaspar e Belquior tomavam café com leite e discutiam o que fazer com os kaingangs que andavam roubando milho nas suas roças.

– Já se passaram quinze anos que falamos com o Barão de Antonina sobre transformar essa pocilga numa cidade, João. Nosso povoado está quinze anos atrasado. Ou os bugres resolvem virar gente ou a gente há de virar bugre.

– Além do mais – completou Baltazar – as terras do Rio Feio são tão vastas... É um desperdício deixá-las paradas para que os Coroados possam ficar andando de um lado pro outro, sem fazer nada. Os tempos estão mudando. Dizem que daqui a pouco acabam com a escravidão, proclamam a república. O progresso não espera.

João Antonio, ouvindo a conversa, subitamente sentiu-se velho. Olhou para as mãos e as achou enrugadas, cheias de calos e veias azuis que pareciam veredas cortando sua pele branca, seca como sertão. As costas doíam, o estômago e os intestinos tinham cogumelos que o obrigavam a ficar horas na latrina. Seguia fazendo filhos em Lia, mas parecia que o progresso apitava tão rápido por aquelas bandas que ele havia envelhecido cem anos em uma década.

— Vocês estão certos, compadres. Os tempos estão mudando por aqui e o dia não está pra índio.

— Fora que os Coroados endoideceram. Cismaram agora que Nindá é deusa, uma beldade, que come sem parar. A índia que tinha um corpo perfeito, agora está ficando roliça, e se alimenta de homens e bois inteiros. Não há milho, nem pica que lhe seja suficiente. O índio que diziam seu marido entregou ela pro Zé Hilário em troca de metais pra ponta de flecha. Quanto mais Nindá cresce, mais Zé Hilário emagrece. Quanto mais pedidos ela lhe faz, mais o moço se esforça para lhe atender. Nunca é suficiente. E dizem que o homem faz tudo que ela quer porque sempre foi apaixonado.

— Esses bugres estão completamente loucos.

— Compadres, vocês me convenceram. Devo estar ficando frouxo mesmo. Acho que vocês têm mais é que passar fogo na bugraiada pra lhes ensinar uns modos e parar com essa pouca vergonha.

– Assim é que um Capa Negra fala, João Antonio! Fique tranquilo que já chamamos o Dioguinho pra cá, inclusive.

Dioguinho – maior matador do sertão paulista, o homem que nunca morreu – desapareceria oficialmente dali a onze anos, num tiroteio com a polícia nas águas barrentas do rio Mogi Guaçu. Seu cadáver, no entanto, jamais foi encontrado e muita gente boa, pelas terras deste interiorzão, afirma ter trombado o facínora de corpo fechado zanzando por aí.

Dioguinho era homem alto, simpático, de bigodes bem aparados, cabelos negros repartidos de lado, olhos castanhos vivos e cintilantes – e cicatriz no queixo. A cicatriz fazia-o rir de um jeito peculiar, puxando o beiço de baixo. Gostava de se vestir bem, com terno de linho branco, gravata borboleta e esporas de prata. Na cidade, usava bengala, mais pelo estilo que por necessidade. Andava com um Colt em cada coxa, uma faca "Matto Collino" na cintura e levava uma carabina de onze tiros no cavalo. Nascido em Botucatu, filho de portugueses, seu primeiro assassinato se deu quando tinha nove anos. A vítima foi um irmão de criação, sobre a cabeça do qual Dioguinho deixou cair um tacho de metal. Nesses tempos, apesar de bom aluno na escola, Dioguinho vivia arrumando briga, espancando colegas com um chicote e judiando de animais; como o gato da mãe que colocou dentro de um tacho fervendo, onde cozinhavam o doce de banana. Aos quinze anos se tornou agrimensor, medindo as terras dos grandes coronéis da região de Ribeirão Preto. Gostava de estudar os poetas e filósofos gregos. Aristóteles era dos seus favoritos. Não desgrudava, também, do dicionário de sinônimos e antes de dormir sempre lia uma das orações do livro das "Horas Marianas" – um dos favoritos de Antonio Conselheiro. Tinha dezoito anos quando, ao voltar da medição de terras de uma fazenda em Tatuí, encontrou o irmão chorando perto de um poço. O mano tomara uma bofetada do dono de um circo de cavalinhos chamado "Strano Mondo", após uma discussão por causa de ingressos. Dioguinho foi tirar satisfação com o homem, que se dizia o mais gordo do planeta, e acabou matando-o com uma facada. Foi o começo da sua sequência de mortes intencionais. O charmoso homem começou, então, a prestar outros serviços para os coronéis, além da agrimensura. Expulsava posseiros, acertava contas, eliminava desafetos. Diziam que sempre arrancava uma orelha de suas vítimas para provar aos contratantes que havia feito o serviço. Depois usava o rosário de orelhas secas para fazer sua oração: "Três almas com mais três são seis, com mais três são nove, com mais três são doze. Peço às doze almas que vão à casa do barbeiro Fulano e me tragam doze navalhas. Para com elas eu matar meus inimigos, amém. "

Dizia já ter exterminado vinte e quatro homens – fora os índios, escravos fugidos e paraguaios, que estes, segundo ele, não entravam na conta de gente.

Dois moleques brincavam com o "bigode" de um pintado grande que haviam acabado de pescar. O peixe lutava pela vida, agitando forte o corpo cinza cheio de bolinhas pretas. Ficaram nessa dança por alguns minutos até que um dos dois meninotes lhe cravou a faquinha na altura da guelra. Estava com raiva. Quase havia pescado um dourado, o tubarão do rio, que lhe escapara na última hora, o peixe era forte e lindo – com a pele de ouro coberta por negras listras laterais, mas escapara, e o pintando, pescado poucos minutos depois, não lhe serviu como prêmio de consolação.

"Você tem jeito com a faca", falou, do alto de seu cavalo negro, Dioguinho – que passava pela estrada de volta para São Simão. Ia acompanhado de Alfredo Rabo Grosso e Mané Teixeira.

Na estrada de terra, que passava ali perto, um homem negro tocava um bando de perus que usava como termômetro de perigo. Acreditava que os bichos podiam perceber a presença de onças e outras feras. Logo atrás vinha Modesto Moreira tocando uma vara de porcos, o verdadeiro tesouro do comboio. Atrás dele, dois cachorros farejadores. Maria Chica vinha na direção contrária, montada numa mulinha, acompanhada da filha Rita.

– Vai pro mutirão dos Pinto Caldeira, não, compadre?

– Posso, não, comadre. Tenho que levar meus porquinhos pra vender lá no povoado do Salto.

– Tô levando pra eles umas tranqueiras do armazém, pra mulherada terminar o jantar dos homens. Vai ser farto, viu?

– Coisa boa, comadre, coisa boa.

Chica até pensou em comentar que sentiu a falta do compadre na festa de São Pedro, mas mudou de ideia na última hora. Modesto seguiu com seus porcos pensando no mutirão dos Pinto Caldeira. Na verdade, ele não havia sido convidado, mas já estava acostumado ao ostracismo ao qual os outros fazendeiros lhe relegavam.

No mutirão, estavam lá, brincando de derrubar a mata, os irmãos de Baltazar – Belquior e Gaspar – e também Zé Hilário e João Antonio. Estavam muito tranquilos, porque sabiam que acompanhados de uma matilha de brabos cães farejadores não precisavam temer as onças.

Lia comandava as mulheres no preparo do jantar. Fazia companhia para elas o jovem Hélder Goulart, irmão de Lia.

– Ficou sabendo da última, Chica? – Perguntou Lia.

– Eita, que foi agora?

– João Antonio disse que seu amigo Modesto fez violência com uma das índias que trabalham no sítio dele.

– Modesto? Impossível!

– É, ué, parece que arrastou pro mato e derrubou embaixo de um cedro. Deixou a índia toda desconjuntada.

— Creio em Deus pai!

— Cacique Congue-Huê jurou vingança e a bugrada tá toda atocaiada no mato.

— Ah, duvido, viu, Lia? O Modesto jamais faria uma coisa dessas.

— Oxe, mulher, tá defendendo o preto assim? Você sabe que em preto e em bugre não se pode confiar.

— Que horror, Lia!

— Olha, Chica, abra seus olhos porque os Coroados podem pegar raiva de você por andar com os Moreira, viu?

— Que absurdo, gente, não pode ser. Isso...

— Isso é o progresso, Chica: violências e sem-vergonhice por todo canto. Aonde vamos parar desse jeito? Saudades de Portugal. Lá todo mundo era assim que nem a gente: normal, sabe? Todo mundo igual, civilizado, ordeiro. Branco. Aqui, no Brasil, não. Muita mistura, dá nisso...

Dona Antonieva interrompeu a conversa. Era meiodia, a comida já estava pronta. Os homens começariam a deixar as ferramentas para se lavar no riacho e subir para comer. Nesse ponto, a mulher do finado Noé Antonio perguntou se as outras não estavam ouvindo a gritaria infernal que lhe machucava os tímpanos.

— Que gritaria infernal, Dona Antonieva?

— A dos Coroados. Eles estão com raiva. Estão por aí, no mato.

Exatos cinco minutos se passaram até que os kaingangs apareceram no meio do roçado, armados de guarantãs e arcos, gritando em furiosa algazarra. Antes do grito, veio a flecha que pegou Baltazar Pinto Caldeira nas costas. Seu filho correu para acudir o pai, mas outra seta lhe furou a garganta, sufocando-o no próprio sangue. A terceira flecha arrancou a orelha de um peão, que saiu correndo em desespero, junto a João Antonio que gritava:

– É a bugrada assassina, é a bugrada!

Os kaingangs, liderados por Congue-Huê saíram de todos os cantos, cercando os trabalhadores que se defendiam com enxadas e facões. Suas poucas garruchas e espingardas tinham ficado na casa da fazenda, para a defesa das mulheres. Só Noé Antonio Filho tinha levado uma pistola, mas, na hora do nervosismo, errou o tiro. Flechado nas costas e se defendendo com uma faca, Baltazar Pinto Caldeira calculou que deveriam ser uns duzentos kaingangs atacando o local. Naquele momento, seu irmão Gaspar Pinto Caldeira arremessou uma faca no olho do kaingang maneta, chamado Xarin, e partiu para o combate corpo a corpo, com uma enxada na mão. Apoiava suas costas na do irmão Belquior, que se defendia com um facão.

Congue-Huê havia acabado de desfigurar Abel Segundo com o lança, quando viu José Hilário entre os brancos. "Está lá o traíra, matem o traíra". Zé Hilário defendeu-se como pôde. Enquanto Baltazar Pinto Caldeira agonizava em poças de sangue, Zé matou a facadas um kaingang, que ficou com o punhal cravado no coração. Com as mãos limpas, ele pedia calma na língua dos nativos e tentava achar um pedaço de madeira que lhe servisse como tacape. Uma flecha, disparada por Congue-Huê, lhe furou o joelho e jogou-o no chão. Deitado, fuça na terra, viu Iacrí cortar as pernas de Abel Antonio para levar suas botas. Ainda agonizantes, os sitiantes caídos eram trucidados. Com um golpe de enxada, Gaspar decepou alguns dedos de um

DESAMPARO 71

kaingang. Iacrí revidou quebrando-lhe a clavícula com uma bordoada. Louco de dor, Gaspar viu o irmão Baltazar sucumbir pela força de golpes de longos guarantãs. Desesperado resolveu se fingir de morto. Para sua sorte, o corpo do irmão Belquior caiu sobre o seu, cobrindo-o de sangue. Cabeças, braços e pernas eram decepados dos moribundos pioneiros. Iacrí ergueu a cabeça de Baltazar Pinto Caldeira e a pendurou numa vara. O sangue pingava quente no rosto do irmão Gaspar que se fingia de morto, jurando que se sobrevivesse àquela chacina nunca mais pisaria no sertão. Havia poucos brancos de pé. João Antonio revezava golpes de facão com corridas em direção à casa da fazenda. Congue-Huê pensava em perseguir o Capa Negra, mas parou quando viu que Zé Hilário estava no chão. "Cacique...", balbuciou Zé, mas Congue-Huê lhe chutou a boca e pediu que Iacrí e outro jovem kaingang o erguessem pelos braços. "Esse velhaco traidor vai ter o que merece". "Cacique, eu ia perder as bolas", tentou justificar Hilário. "Ah, é? Pois abaixem sua calça!". Zé Hilário, percebendo o que ia acontecer, passou a implorar que o matassem logo, cuspindo na cara dos kaingangs para tentar provocá-los. Solidário com o sofrimento do moço valente que sobrevivera a tantos assaltos, Noé Antonio Filho partiu em direção a Congue-Huê, mas recebeu tantos golpes no rosto, que seus cabelos loiros se tornaram ruivos, tingidos pelo sangue. Congue-Huê tomou o facão de Noé e usou-o para cortar as partes viris de Zé Hilário. "Nenhum branco vai dormir mais com nossas mulheres", disse, enquanto olhava Zé nos olhos, que se enchiam de horror. Desmaiado, o companheiro de Nindá teve suas

72 FRED DI GIACOMO

tripas arrancadas. Belquior e Gaspar Pinto Caldeira estavam caídos, mas vivos. Iacrí lhes cuspiu na cara e cortou os dedos de ambos para tomar-lhes as alianças. "São esses os assassinos?", perguntou a Nindá que havia assistido tudo calada. "Sim", disse a deusa. E Iacrí enfiou-lhes uma longa vara do ânus à jugular. Congue-Huê mandou João Antonio, que havia sido poupado, avisar aos outros colonos que os kaingangs atacariam as fazendas da região, uma por uma, se os pioneiros não se mudassem imediatamente.

João Capa Negra foi o primeiro a chegar à casa da fazenda. Hélder Goulart correu para tirar a flecha das costas de João, que chorava a morte dos companheiros, mais do que o ferimento profundo. A viúva de Belquior urrava desesperada. "Isso foi vingança contra a violência daquele animal negro", gritava Lia, enquanto segurava no colo sua filha Maria das Dores, de três anos. João Antonio concordou com a mulher e pediu para que dois colonos sobreviventes encontrassem Modesto e lhe aplicassem um castigo duro. Maria Chica aproveitou a confusão para sair correndo em direção a Moreira, que ela sabia estar no povoado. Com Rita na mulinha partiu em disparada com um rio nos olhos.

Quando chegaram à roça, os sobreviventes encontraram a plantação calcinada e os mortos desfigurados. Resolveram enterrá-los rapidamente no cemitério de Nosso Senhor dos Passos, que o finado Belquior sonhara ser o início de um povoado.

Uma prosa que somente dona Antonieva pôde ouvir foi a conversa de Maria Chica com Modesto Moreira. Entre soluços e acusações, Modesto jurou à viúva que nunca havia forçado nenhuma das nativas a nada, e que se dava muito bem com os kaingangs de sua fazenda, que sempre respeitou Nindá, seu ex-marido índio, o novo e até a troca que haviam feito. Implorou para que Chica ficasse com ele, mas a matriarca jamais o procurou de novo. Acompanhado pelo desprezo e os filhos, o pecuarista juntou suas tralhas e divorciou-se das terras que conquistara com tanta luta. As lágrimas insistentes roubavam-lhe a visão do monjolo que tanto amara. Antes de partir, Modesto ainda voltou e abraçou-se à maquinaria de madeira, com a qual sonhara construir a fortuna que o levaria para casa como rei.

A maioria das viúvas fez o mesmo. Iriam atravessar o Tietê com todo gado que pudessem levar. Com seis filhos na mala, Chica montou na mula, fechou a venda e foi pra Cerradão. Maria Justina amparava a mãe que amargava, ainda, o sumiço de Joaquim. "Era pra ele ter ido pro seminário, diacho... Eu sabia que ele ia virar lobisomem." Joaquim havia se metido na mata atrás de Nindá, a quem amara desde a infância. A caçula, Rita, foi das pouquíssimas pessoas que não abandonou aquelas terras.

É importante falar duas coisas sobre essa menina: Rita Telma era filha de Modesto Moreira, e não de Alexandre, como todos pensavam. E ela sou eu. Por isso acredito que Modesto, meu pai, seja inocente. Também porque sei o que os Pinto Caldeira mandaram Dioguinho fazer com os kaingangs alguns dias antes da vingança dos homens de Congue-Huê, que acabei de narrar.

O GALOPAR do cavalo espanhol erguia o poeirão na picada de terra que levava ao patrimônio de Nosso Senhor dos Passos. Seu pelo negro, suado, misturava-se à terra seca que flutuava com o movimento rápido do equino. Esporeado pela prata reluzente que o cavaleiro levava na bota, Leviano era seguido por dois cavalos menos vistosos, montados pelo banto Mané Teixeira e o gigante mameluco Alfredo Rabo Grosso – cabelos ao vento, montanha de músculos armado com facão, garrucha e espingarda pica-pau. Ao avistarem a venda de Maria Chica, os homens de Dioguinho pararam. Dândi do sertão, o chefe fez sinal para que os dois brutos o esperassem e entrou sozinho. Maria Chica estava atrás do balcão de madeira, com a filha Maria Justina. Seu filho Joaquim ajudava Dona Antonieva a carregar algumas compras. Tristão ensaiava sua viola na frente da venda, surdo, não percebeu o barulho dos forasteiros.

"Bom dia! Carteado animado", Dioguinho cumprimentou Maria Chica com um toque dos dedos no chapelão. Encostou-se ao balcão, tirou o alto chapéu e enxugou o suor do rosto. Pediu pinga, educadamente. Maria Chica encheu uma caneca e lhe deu. Virou a branquinha numa golada e pediu mais uma. Aí ficou ouvindo Zé Hilário e Modesto conversarem, enquanto jogavam o carteado.

A conversa interessava a Dioguinho. Ele já entendera que os dois matutos eram amigos dos kaingangs, que andavam roubando milho pelas fazendas dos Pinto Caldeira. "Não é bem roubar", explicava Modesto. "se você for ver direitinho, as terras são deles, né? E eles tão acostumados a viver assim, apanhando da terra o que a natureza dá. Além do mais, tão sempre fazendo uns servicinhos pra gente, ninguém liga que apanhem umas espiguelas de milho, vez ou outra, no roçado".

Dioguinho já sabia o que fazer. Mais uma caneca da branquinha e perguntou quem ali tinha a melhor pontaria da região. Modesto lembrou de João Antonio Capa Negra arrancando bico de beija-flor em pleno voo. Hilário exagerou dizendo que era tão bom com a garrucha quanto com a faca. Joaquim animado lembrou que até mamãe sabia atirar. Diogo riu gostoso, exibindo a dentadura novinha, e disse que apostava uns bons cobres que ninguém atirava como ele. "Róseas flores d'alvorada, teus perfumes causam dor", cantarolava, enquanto apanhava o chapéu e andava vistoso até Leviano.

O forasteiro piscou, então, para o mano Joãozinho e sacou a carabina. Engatilhou, mirou e atirou. A duzentos metros, estourou a cabeça de Rugrê, que desabou na rua.

– Estão vendo? Não existe mira, no oeste paulista, como a de Dioguinho.

Joaquim entrou em pânico. Tristão seguiu ao violão, abençoado por sua surdez. Modesto correu dali, mas Zé Hilário não teve mesma sorte.

– Rabo Grosso, segura o moço. Vamos bater um papinho com o Don Juan das índias.

Cordas de cânhamo apertavam forte os punhos e tornozelos do José Hilário. Sua boca sangrava muito e um dos dentes da frente tinha sido arrancado com uma faca. As mãos grandes de Mané Teixeira já estavam inchadas de tanto esmurrar o homem. Dioguinho queria convencer Zé Hilário a marcar uma tocaia para os kaingangs. "Basta você falar pra eles que a roça dos Pinto Caldeira está cheia de milho. E que com todo esse milho, marelim, Nindá vai acreditar que vocês finalmente conseguiram o sol para ela engolir."

A kaingang devoradora tinha se tornado uma espécie de Deusa para os caboclos e caipiras mais simples. Muita gente ia deixar oferendas em forma de quitutes na frente da tenda da faminta mulher. As donzelas recém-casadas pediam para tocar os enormes seios de Nindá, pois diziam que dava sorte no parto e garantia filho varão. Sem conseguir enxergar direito e cheio de escoriações, Zé Hilário só pensava na vitória-régia que um dia comprara de Congue-Huê. Era uma flor linda.

– Se vocês não matarem Nindá, eu armo a tocaia pros kaingangs. Só me deixem viver, por favor, implorou Zé Hilário.

Os irmãos Pinto Caldeira estavam impacientes para dar uma lição nos kaingangs. Uma hora ou outra, um grupo acabaria aparecendo em sua roça para apanhar milho, mas eles queriam juntar o máximo possível de kaingangs, de uma vez, e exterminá-los. Sua primeira opção tinha sido falar com o Sancho Figueiredo, mas o Coronel tinha índole expansionista e já estava buscando terras ali na região do Rio Feio. Não queriam o bugreiro se metendo nos negócios de Nosso Senhor dos Passos. Então, resolveram chamar Dioguinho, que era assassino muito recomendado pelos coronéis de São Simão e também uma companhia agradável. Enquanto conversava com os Pinto Caldeira, Diogo só não se conformou com a ignorância dos irmãos e lhes deixou uma lista de livros que deveriam ler para se civilizar. "Isso é o básico. Vocês têm, no mínimo, que dominar a gramática e aprender a pensar, se querem mesmo governar uma cidade. Já o serviço sujo, podem deixar por minha conta".

As aldeias lideradas por Congue-Huê estavam inconformadas com a morte fútil de Rugrê, e só não tinham revidado ainda porque Modesto Moreira jurara que o branco assassino não era de Nosso Senhor dos Passos. Os kaingangs debatiam uma vingança. Fazia pouco tempo que Sancho Figueiredo descera até o rio Feio para envenenar tribos inteiras. Congue-Huê, que antes liderara dois mil arcos, hoje reinava sobre uma população de não mais que oitocentas pessoas, incluindo um quarto de mulheres. Iacrí, trajando seu colar de dentes de macaco, achava que deveriam agir rápido. O pequeno Derarim pedia calma. Nindá, valendo-se do seu status de Deusa, sugeriu que, enquanto não decidissem, fossem atrás das espigas de milho que seu branco prometia. Toparam.

O dia ainda acordava quando Zé Hilário, acompanhado do ágil Derarim e mais dez kaingangs, entraram na roça dos irmãos Pinto Caldeira. Nindá exigiu acompanhá-los, e seguia empolgada com o argumento de Zé Hilário, que dissera que havia tanto milho na roça que reunindo todos aqueles grãos dourados era possível fazer um segundo sol.

De tocaia estavam Baltazar, Gaspar e Belquior, armados com espingardas e garruchas. Os homens de Dioguinho portavam armamento mais pesado. Quando Derarim tocou uma espiga de milho, sua mão foi decepada pela fuzilaria. Os kaingangs não tiveram tempo de entender o que estava acontecendo, com as balas zunindo de todos os lados. Os indígenas foram dizimados em minutos. Só ficaram de pé José Hilário e Nindá.

Alfredo Rabo Grosso saiu do mato assim que a fuzilaria abaixou e foi finalizando os kaingangs um a um; decepando mãos, pés, pênis e cabeças para espalhar pelas trilhas até perto das aldeias. Alfredo perguntou se Dioguinho não ia cortar algumas orelhas para o seu rosário, mas este disse que "só cortava orelhas de gente, não de caça". Os kaingangs crivados de chumbo choravam e gritavam como a rogar pragas contra o traidor Zé Hilário. Nindá, que usava um cobertor de casal como vestimenta, ainda tentava entender o que tinha acontecido quando Dioguinho e Belquior Pinto Caldeira apareceram na sua frente, felizes, com as armas quentes na mão.

– Olha aqui sua puta – disse Pinto Caldeira – nós não queremos mais bugre sujo roubando milho nas nossas terras. Aliás, nós não queremos mais bugres na nossa terra, nem perto delas.

DESAMPARO 79

– Mas as terras são nossas. Estávamos aqui primeiro.

– Cala a boca, sua porca gorda! Você só vai ficar viva pra contar pros seus machos que é pra eles se mandarem daqui. Acabou. Agora o progresso chegou em Nosso Senhor dos Passos. Nós vamos construir uma cidade, nem que tenhamos que usar os ossos de bugres como fundição. E, outra coisa, chega dessa putaria de se deitar com tantos homens assim de graça. Se você quiser ser puta vai ter que cobrar. Porque é assim que funcionam as coisas numa cidade moderna.

– Eu não sou puta, seu branco, sou uma deus...

– Cala a boca!

A bofetada emudeceu Nindá, mas a crueldade que mais doeu não foram os tapas, nem a chacina dos seus irmãos. Enquanto expulsavam a mulher aos pontapés, Dioguinho ainda lhe contou que quem havia armado a tocaia para os kaingangs fora Zé Hilário. Os olhos de Nindá inundaram na hora e ela não pôde acreditar. Zé Hilário ficou encabulado. "Então é verdade?", perguntou Nindá – que naquele exato momento perdia a divindade.

Contam que, mesmo depois da vingança dos kaingangs, Nindá nunca mais foi a mesma. Uns dizem que morreu logo depois de ver Zé Hilário estripado vivo por Congue-Huê. Outros, que ela terminou a vida vendendo o corpo por algumas moedas para os operários da estrada de ferro. A verdade é que algo profundo e sublime se quebrou no momento daquela chacina.

A vingança de Congue-Huê veio rápida e expulsou os brancos de Nosso Senhor dos Passos. Os Pinto Caldeira foram exterminados do mapa. Modesto Moreira ficou com a falsa fama de violador. De raiva, os moleques quebraram seu monjolo e mataram suas galinhas. Minha mãe chorou muito quando decidiu deixar aquelas terras. Seis filhos a acompanharam, mas eu não quis ir. Então, ela me contou que eu não era filha de Alexandre Ferreira, como todos pensavam, mas, sim, de Modesto. Naquele instante, descobri que era metade angola e chorei. Não de vergonha, nem de raiva, chorei porque percebi que muitas vezes eu também menosprezara o homem que não sabia ser meu pai. Meu cabelo era como o dele. Assim como eram meu nariz, minha boca e meus olhos. Tive raiva dos Capa Negra que diziam que Modesto era violador. Tive raiva dos Pinto Caldeira, que trouxeram aquela desgraça toda pro nosso povoado. Tive mais raiva por saber que no final das contas a história que sobreviveria seria a história contada por eles. Eu percebi isso ao ver como as paisagens daquele sertão mudavam.

Parecia que o homem branco tinha esse dom de deixar tudo que tocava mais feio, mais morto, menos mágico. Mas o sertão reagiu e expulsou quem achava que uma espiga de milho valia mais que a vida de um homem. E eu não quis ir embora com aquelas pessoas. Não me sentia uma delas. Me sentia muito diferente e isolada. Sentia que meu único irmão era o Sertão, e aquelas terras quentes eram minha família. Por isso ficaria. E se os kaingangs achassem que eu deveria morrer por isso, eu morreria. Teme o destino quem é fraco demais para encarar as verdades da vida.

Com a partida dos brancos, se foi também a sociedade, as festas juninas e as novidades que vinham dos povoados. Se foi a inveja, a fofoca e a opinião alheia. Quando todo mundo foi embora ficamos eu e minha sombra namorando o sol. Eu, minha sombra e o tal Francisco Prado, que era o encarregado de colocar sal para os poucos boizinhos que ficaram pra pastar. Eu tinha catorze anos, idade suficiente para me apaixonar pelos olhos anu e cabelos cheios de cachos do Francisco Prado. Ele tinha dezesseis anos, barba por fazer, mãos grandes e um sorriso fácil. Ficamos eu, no casarão da mamãe, e ele, na casa de pau a pique destinada à criadagem. Para além disso, era o deserto verde do Noroeste com seus arbustos, suas sucuris, seus pacus e suas antas, e o laranjal dos Capa Negra. Às vezes, um jaó vinha cantar na minha janela e eu achava que era visita do Jorge Luis. Jorge Luis era o Capa Negra de quem eu mais gostava. Outra pessoa que ficou por aquelas bandas foi dona Antonieva. Já era tão velhinha que os Capa Negra, quando partiram, acabaram se esquecendo dela, como se fosse uma peça da mobília. A velha dos ouvidos perfeitos estava quase cega, mas sua audição compensava tudo. Parecia que quanto mais o tempo passava, mais ela ouvia. Passava o dia ouvindo rumores distantes vindos da Colônia Militar, de Ribeirãozinho ou do passado.

Francisco Prado, todas as tardes, depois do trabalho, vinha me visitar e a gente namorava de mãos dadas, mas não cometia exageros, porque Dona Antonieva ficava ouvindo tudo da casa dela e minha mãe tinha pedido pra ela contar, caso eu fizesse alguma sem-vergonhice.

Numa dessas visitas, Francisco me disse que o bando do Dioguinho tinha matado o mascate Dib na volta de Nosso Senhor dos Passos para São Simão. Eles estavam acampados num cerrado, na beira da estrada, quando o

Dib pediu abrigo para a chuva que despencava em gordas gotas. Quando eu soube da morte do Dioguinho, onze anos mais tarde, sorri de orelha a orelha e saí gritando de alegria pela casa. Depois, tomei um gole grande de cachaça e fui procurar boa música na rua e na memória. Aquele foi, sem dúvida ou exagero, um dos maiores filhos da puta que esse sertão já pariu.

SEGUNDA PARTE

Pequeno homem

Passei cerca de seis meses, treze dias e duas horas como escrava dos kaingangs, ajudando suas mulheres nas tarefas domésticas, foi um preço baixo que paguei por ficar e para provar que não comungava da violência contra eles. Foi até prazeroso. Aprendi muito com eles. Nunca sofri nenhum tipo de tortura ou sevícia sexual. Gastei a maior parte do tempo arando a roça, fazendo farinha de pipoca e auxiliando os homens a pegar frutas, mel e larvas nas árvores. Foi um momento muito útil para conhecer melhor meus vizinhos. Congue-Huê gostava de mim e ficou feliz em saber que eu era filha de Modesto Moreira. Quando estava quase esquecendo do Francisco Prado, me soltaram. Guardei o sabor daquele momento na minha caixinha de memórias bonitas.

Saí do cativeiro decidida a me casar com Chico Prado. Caminhei bem mais de um dia pelos cerrados do Avanhandava e, às vezes, dava uns gritos pra ver se dona Antonieva ainda me ouvia. Matei uns passarinhos na pedrada para petiscar e colhi as frutas que as árvores davam de lambuja. Quando cheguei em casa, esfarrapada e cansada de comer insetos, pouco havia mudado. As estrelas continuavam pregadas no céu infinito, as cabreúvas seguiam plantadas na terra fértil e o Chico estava botando sal grosso no cocho dos boizinhos de algum Capa Negra. O sertão sempre espera.

– Não sentiu minha falta, homem?

– Sentir, senti. Mas você sumiu...

– Passei seis meses, treze dias e duas horas como escrava dos kaingangs, Chico.

– Foi?

Que hominho imprestável! Mas o que tinha de sonso, tinha de bonito. O destino é justo. Dei uma olhada pra procurar as turmalinas-negras que ele levava nos olhos e as duas continuavam lá, faiscantes. A cabeleira encaracolada também estava lá, farta. O corpo durinho...

– Chico... Acho que devemos nos casar.

– Mas e dinheiro?

– Que você quer comprar que a terra não dá?

– É verdade, então, quando vamos casar?

– Agora mesmo.

– Mas e sua mãe?

– A gente avisa quando for passar a lua de mel lá.

A verdade é que não aguentei esperar visitar a velha Chica e minhas irmãs para fazer a lua de mel. Tinha passado os meses no cativeiro imaginando o que seria de mim se os kaingangs resolvessem me matar. Ia morrer intocada. Talvez até virasse santa, mas eu não tinha feito nenhum milagre. E queria mesmo era conhecer os mistérios do amor. Selecionei umas flores bonitas no antigo jardim dos Capa Negra, fiz de buquê e arrastei Chico Prado pro quarto. O casamento estava consolidado. Só saímos de lá um ano depois. O amor era uma mistura de café com cachaça, que acelera e deixa zonzo. Uma agitação mole. Engravidei, mas perdi o bebê com oito semanas. "Virou anjinho", falou conformado o Chico Prado. Para ele era fácil esquecer. A alminha escorreu pelas minhas pernas ainda sem forma de gente. Pro Chico foi só uma possibilidade que não vingou, pra mim uma presença marcante dentro do corpo. Mesmo sem corpinho pra enterrar, fiz uma cruzinha de graveto nos campos da minha mãe.

Chico trabalhava duro e não se metia com os kaingangs. Eu lia muito, passei a ler e estudar para passar o tempo, mas também plantava minhas coisinhas e ajudava na lida do campo. Pros bichos e pras plantas que não conhecia nome, eu inventava. Os dias eram longos e o tempo mole. Havia algo de Éden naquele pedaço de nada. E brincar com Chico Prado me ancorava na realidade do presente. Congue-Huê, quando via que eu estava sozinha, me chamava para uma prosa.

Veio o dia em que decidimos fazer a tal viagem de lua de mel e visitar minha mãe, Maria Chica. Ela estava com mais de cinquenta anos, na época, mas continuava bonitona de corpo e com os cabelos bem pretos. Mas ela amargara. Seus olhos tinham fome e desesperança. O humor diminuíra do tamanho da realidade. Não queria mais saber de homem: "Homem é parasita de tempo". O Modesto tinha seguido pra São Paulo, desgostoso com as maldades que inventaram dele. Dali em diante não se deitara mais com ninguém.

Achei que a mãe ia desgostar do Chico Prado por ele ser meio devagar e não ter sobrenome. Quando chegamos na casa, nem a reconheci. Estava murcha, com dores

DESAMPARO 89

nas juntas e a cara de quem havia chorado por mais de ano. Ficou a tarde toda relembrando das brutalidades do casamento com Frutuoso Bugreiro, dos versos perdidos de Alexandre Ferreira, do mano Joaquim transformado em lobisomem, dos onze mártires do progresso, das calúnias contra Modesto Moreira. Me cansei logo daquilo e fui deitar. Chico Prado demorou a aparecer no quarto. Disse que ficou sem jeito de deixar a sogra falando com as paredes. Manhã seguinte, nem bem o galo cantou, Maria Chica acordou toda arrumadinha e sorridente, parecia outra pessoa. O Chico também já estava de pé querendo ajudar na lavoura – parecia muito menos imprestável na casa da sogra do que no nosso sítio. Eu reclamava da moleza dele, mas Maria Chica achou melhor ele ser plantado no comodismo do que ser desses homens metido a varão.

Passamos uma temporada na casa da Chica. Parece que naquele mês ela remoçou de volta pro dia que os kaingangs trucidaram os Pinto Caldeira. Fumava seu pito de barro, risonha, tomava banho no ribeirãozinho todo dia e vestia uns vestidos que envelheciam no baú há tempos. Até o crucifixo de prata botou no pescoço, decorando o colo salpicado de sardas. Quando ia pro rio sempre fazia questão de avisar pra gente:

– Olha, turma, vou tomar banho no rio, tá bom? Esse calor faz a gente querer virar índio.

Parecia que voltava ainda mais moça. Os dias no Cerradão deixaram o Francisco Prado ainda mais encostado. Maria Chica não deixava o homem fazer nada. Era só café--almoço-janta-ceia, tudo na rede. Ficava na rede toda vida, trançando couro para fazer arreio.

Um dia, quando acordei, vi Chico segurando o crucifixo com uma mão pra modos de admirar a cruzinha de prata. A outra mãozona dele repousava sobre os dedos finos de mamãe. Se riam que dava gosto. Eu parecia que envelhecia o mesmo tanto que minha mãe remoçava, e brigava com a Maria Chica sem motivo. À noite, obrigava Chico a brincar comigo na cama, todos os dias. Acabei embuchando de novo. Engordei vinte quilos em dois meses, e fiquei parecendo Nindá, mas sem o charme divino. Me arrastava, inchada, pelos cômodos e tinha muitas dores nas costas. A fome era muita e me fazia comer saúva e bago de anta. Suava em bicas e o Chico Prado falou que eu deveria tomar banhos de rio pra remoçar, feito a mãe, e ficar com as vergonhas cheirosinhas. Miserável.

Quando apareceu o primeiro fio de cabelo branco no meu cucuruto, peguei nossas trouxas, selei o cavalo e piquei a mula.

No patrimônio de Nosso Senhor dos Passos o tédio ia corroendo as antigas casas das fazendas. O monjolo do Modesto Moreira agora era só um monte de madeira boiando no Ribeirão. A casa dos Capa Negra tinha virado uma taipa decadente. O mato crescia e perdia-se muito boi. As notícias demoravam pra chegar e a gente mal sabia que o Brasil era uma república e que a escravidão fora abolida. A vantagem disso era que eu e Chico Prado não envelhecíamos, já que o tempo ali passava mais lento que no resto do estado. Brincávamos muito na rede, olhávamos as estrelas e tocávamos os boizinhos.

DESAMPARO 91

Pouco tempo depois da nossa volta, mamãe morreu. Em luto, vesti negro, parei de comer carne de bicho e fiquei sem brincar com o Chico Prado por um ano. A solidão daquela perda me apequenou no corpo. No dia que voltei do Cerradão, onde velei o corpo de Maria Chica, um lobo-guará, do pelo vermelho, apareceu perto de casa e ficou uivando à noite toda. Desconfiei que fosse Joaquim.

Fazia uns meses, já, que o Chico Prado tinha saído de casa pra ir procurar riqueza no norte do país. Dizia que a borracha era o ouro do Amazonas. Coisa de homem sem futuro. Graças a Deus que minhas gravidezes não foram para frente, nenhuma das duas.

Tempo abafado. O canto da saracura anunciou que a chuva estava começando. Saracura: passarinho engraçado, das perninhas finas, cabeça cinza e olhos vermelhos. Chico Prado tinha se sentido inútil, quando João Antonio Capa Negra anunciou que estava voltando para as terras do pai. Homem é um bicho fraco que precisa parecer forte o tempo todo pra se sentir feliz. A mulher é que é a verdadeira força da Terra: sobrevive a dores, humilhações e falta de aplausos. Bota um homem no corpo de mulher que ele se mata em dois dias. Chico Prado era bem homem, por isso, fraco.

Fato é que o João Antonio Capa Negra resolveu voltar a ser galo no nosso terreiro. Primeiro, ele e Dona Lia chegaram para reerguer o patrimônio do Nosso Senhor dos Passos. Vieram com a filha Maria das Dores – que ia casar com o primo Ricardinho, descendente do finado Noé An-

DESAMPARO 93

tonio Filho. Quem eu estranhei foi um homem barbudão, de um jeito até elegante, acompanhado da francesa Madama Emma de Cartier. O nome do homem era Abraão Paes Correa da Rocha e diziam que era tenente-coronel. Eles vieram de Porto Ribeiro, em Jaú, descendo por oito dias o Tietê até o Salto do Avanhandava com duas barcas, um batelão e sete camaradas. O destino final era o Mato Grosso, terra boa pra criar gado e pra onde uma estrada de ferro, em breve, deveria ser construída com destino à Bolívia. Foi uma viagem dura para Madama Emma, mulher culta e requintada, dessas que choram com versinhos românticos e se apaixonam por homens sonhadores. As mulheres finas deveriam sempre se apaixonar por homens abastados. Os sonhos rendem bons livros e maus casamentos. A parada no Salto era para ser provisória. Lá foram recebidos com afeto e bandeja de café pelos conhecidos. Eram amigos dos Capa Negra e outras famílias do povoado. Já tinham secado e descansado os ossos, quando estourou uma revolta e os homens da Colônia Militar não os deixaram seguir viagem. João ficou sabendo e foi falar com seu Abraão, que fumava um paieiro e tomava um taio na mercearia do povoado.

— Seu Abraão, tarde.

— Tarde.

— Tô voltando pra essas bandas porque sei que essas terras vão valorizar um tanto. Andei ouvindo umas conversas...

— Pois é, seu João, tenho um amigo francês, o Charles Saint-German, que é engenheiro. Ele disse que vão finalmente esticar a estrada de ferro pro sertão.

— Será?

– Olha, depois da Guerra do Paraguai e da Guerra do Acre, o governo sabe que precisa cuidar melhor das fronteiras. Com a estrada, o trem vai transportar cargas e gentes do litoral até a Bolívia.

– Olha, compadre Abraão, na época do Barão de Antonina nós acreditamos tanto no progresso...

– Não existe progresso feito por rei e rainha. Isso era coisa de livro de menino. O progresso é republicano, seu João.

– O compadre é um grande entusiasta do progresso.

– Eu sou. Meu negócio é que não é, Seu Jão, são só uns boizinhos – tão velhos quanto o menino Jesus. Além do trabalho antiquado, minhas terras são pequenas pra criar boi. Mas o progresso há de trazer melhora, e pacificar a bugraiada. Lá em Jaú a ordem já impera.

– Olha, compadre Abraão, vou te adiantar um negócio bom: sei que os herdeiros da finada Maria Chica tão querendo vender um mundaréu de terra da fazendona dela, a "Boa Vista do Lageado."

– Fazendão?

– Latifúndio da época das terras devolutas. Quem manda lá é uma menina chamada Maria Justina – os homens da família são tudo miolo mole. Lá os campos são bons e há muita aguada. Nós vamos ainda amanhã ver nosso gadinho, na "Água Limpa", e devemos passar pelas terras da Maria Chica.

– Terras boas pro gado, mesmo?

– Palavra, homem. Se não acredita no verbo, faça como São Tomé que precisou ver pra crer.

– Pois, vou.

DESAMPARO 95

– Agora o compadre falou firme que deu gosto. Negócio sério, Seu Abraão, se você mudar pra lá, o Ricardinho vai também e nós compramos um pedacinho da Lageado pra ele.

– Ora, na minha idade, brincar de bandeirante não é pouca coisa não, viu? Mas não fiquei oito dias no rio pra voltar pra Jaú com o rabo entre as pernas. Vamos ver essas terras, seu João!

E foram. Na frente, Abraão Paes Correa da Rocha e João Capa Negra esporeando os alazões, seguidos por mais sete cavaleiros, todos de chapéu na cabeça e lenço no pescoço. Atravessaram o rio, passaram por campos e cerrados, espantaram cervos e veados com o trote que levantava poeira. Pernoitaram no antigo povoado fantasma onde prosearam com Chico Prado, comeram da minha comida e dormiram no chão de casa. Disse que estranhei a dona Antonieva não ter aparecido ali pra conversar com eles. João Capa Negra riu e explicou que a mãe tinha morrido há nove anos. Depois mudaram de assunto e deram a entender que estavam negociando com Maria Justina parte das terras da mamãe. Não me consultaram, nem falaram nada. Como se a morte da Chica me deixasse bastarda.

Feita a matula, partiram para identificar algumas rezes dos Capa Negra. Abraão viu a Fazenda Lageado e gostou muito, cerrado bom pro gado. Decidiu ficar na margem direita do ribeirão, onde construiria um monjolo.

Ricardinho Capa Negra e Maria das Dores se mudaram para o abandonado povoado de Nosso Senhor dos Passos. Os filhos dos irmãos João Antonio e Noé Antonio Filho tinham se casado. Eram primos e esposos. Levaram, na mudança, sementes, roupas e um gadinho extra pra complementar as cabeças que lá pastavam. Parecia a Arca de Noé vindo replantar vida naquelas terras. Um dia depois, chegaram Madama Emma Cartier, Abraão Paes Correa da Rocha e as crianças. Madama veio caminhando. Chegou, na casinha humilde, nove da noite com os pezinhos tão inchados que pareciam pãezinhos de sal. Desmaiou de exaustão, mas logo acordou, apavorada, com a onça rondando a maloca. Rezou a noite inteirinha debaixo de uma mesa de madeira. No dia seguinte seu Abraão foi buscar a onça com a espingarda e a cachorrada. Quem disse que onça apareceu?

Passei a noite só contando o pulsar distante das estrelas ancestrais. Gente é bicho pequeno. Levantei, bati a poeira do vestidinho de chita e fui me banhar no rio. Resolvi oferecer serviço de agregada pra Madama Emma. Não queria negócio com os Capa Negra, lembrava bem da difamação que fizeram com Modesto, meu pai. Coitada da Madama, detestava morar na boca do sertão. Dizia que Jaú era rica e civilizada, lá, sim, as famílias tinham nome pra honrar. Aqui, qualquer Silva virava coronel. Achava nosso patrimônio tão longínquo que temia que os anjos tocassem trombetas anunciando o fim do mundo e ela, sem poder ouvir, seguisse vivendo.

O Macuco dos ovos verde-azulados cantava que nem flautinha de madeira. A carne branca era tão saborosa que tinham sobrado poucos daqueles pássaros perto de casa. Chico Prado dizia que gostava do jeito que eu assava o Macuco na brasa. Hominho mesquinho, única coisa que deixou em casa foi saudades. Não deu muito tempo e toda família

DESAMPARO 97

Paes Correa da Rocha caiu de maleita da pior, com febre terçã indo e voltando a cada dois dias. A pequena Lyria virou anjinho e o seu Abraão mal teve forças pra enterrar.

Foi o engenheiro francês Charles Saint-German quem resgatou a família de Abraão da miséria. Usava cravo na lapela e gravata de seda vermelha. Viera fazer medições para a estrada de ferro. Na mala, provisões e presentes. No cabelo, goma. Ouvi quando seus camaradas deram uma salva de carabina ao ar anunciando a chegada. Eram quatro com ele, mais um de quem não desgrudava, um tal guarani Capitão Honório. Um dos camaradas agradava a vista. Tocava gaita e atendia pelo nome de Montanari. Madama Emma ficou muito feliz de encontrar Saint-German, que lhe deu um frasquinho de água-de-cheiro, provisões e o prazer de conversar em francês com um conterrâneo. No dia seguinte, ele e Capitão Honório desceram o rio Tietê em uma canoa frágil para fazer o reconhecimento do terreno. Não sei o que os dois estavam fazendo ali, mas o fato é que a canoa virou e Saint-German quase morreu. Retornou com o terno de brim ensopado, lamentando-se pelas notas e a caderneta perdidas. Teve que voltar para a capital atrás de uma nova e levou consigo Capitão Honório, deixando os camaradas conosco. Abraão viu aqueles moços fortes paradões e botou todos para trabalhar. Usou os oito braços para abrir dois alqueires de roça e derrubar pedaços de mata.

Chichiar no mato, noite enluarada. Antes de dormir, passei um tempo admirando o céu. O infinito acalma. Vi uma estrela caindo com o rabinho de fogo. Fazer pedido é coisa de criança, mas fiz. Deitei na rede. Mal fechei os olhos, Iacrí apareceu no quarto, peito descoberto, mão na minha boca. Acordei assustada, achando que ele ia me usar, mas Iacrí só disse "Rita, você a gente respeita, mas avisa pros seus brancos que pra quem se meter neste mato, Pé de Garrafa vai comer". Gelei. Com o coração na boca, fui até a casa do seu Abraão. Acordei todo mundo e alertei. Os homens ficaram machos. "Mulher, a gente sabe o que faz. Se bugre aparecer aqui, passamos fogo".

Sol nascido, os quatro se meteram pra derrubar mato. Na hora da janta, não voltaram. O pequeno Isaque, que estava com eles, apareceu correndo.

– Papai, ouvi sinal dos kaingangs. Estão perto e os camaradas não querem vir.

– Leva o café pra eles e diga que voltem já.

Eu e as mulheres na porta da cozinha, olhando em direção ao mato. Nenhuma lágrima de Madama Emma Cartier. Remédio pra desgraça é habituar-se. Seu Abraão adivinhou a desgraça e correu pra reunir os vizinhos e pegar armas e cavalos. Juntaram os Capa Negra todos para a empreitada. Carabinas e facões. Entraram no mato e assim que encontraram a roça aberta viram o café perto de um corpo despedaçado. Folhas, paus, gaita: tudo eram manchas de sangue e tripas. Moscas rodopiando. Caminharam mais uns passos e se depararam com os outros dois. Um sem braço, outro sem cabeça. O verde vermelho. Os corpos brancos no chão. Nem sinal dos kaingangs.

No outro dia, chegou Montanari, sobrevivente. Cabelos negros cacheados e pele branca. Não falava coisa com coisa, nervoso e molambento. "Eram uns trinta índios, muito sangue, gritos. O demônio vinha junto assobiando.

Zap! Borduna no crânio esfarela. Queriam vingar sua deusa. Melhor a fazer era fugir. Fugi!" O pobrezinho estava endoidecido de remorso. Acabou ficando com a gente... Homenzinho de estimação. Madama Emma me deixou pegar pra criar, como se fosse um papagaio de corpo bonito. Dava de comer na minha mão e pedia pra ele tocar a gaita. Às vezes não conseguia dormir. Para acalmá-lo, botava na minha rede. Madama Emma não gostava. "Se é pra dormir junto, casa com a bênção do padre, Rita", ela dizia.

Já HAVIA corrido um ano que Seu Abraão e Madama Emma tinham chegado no sertão, quando apareceu no povoado do Salto um homenzinho de 1,65 metro, bigode bem tratado, orelhas grandes, bela queixada e fino trato. Envergava brim mineiro de cor azul e carregava em sua sacola de couro outro terno, uma ceroula e uma camisa. Falava cinco línguas e se dizia advogado. Queria comprar terras e fazer inventários dos herdeiros que tinham conquistado aquelas fazendas antes de 1850, quando valia a lei das "terras devolutas" ou as famosas "chegou, levou". Seu nome era Manoel Antero dos Santos, o famoso coronel que 24 anos depois se esborracharia de cara na merda caindo de um vagão de trem, no litoral paulista. Ainda no Salto ele andou conversando com João Capa Negra e Abraão Paes Correa da Rocha, que acertaram de comprar parte das nossas terras em acordo com minha irmã, Maria Justina. Santos se propôs a oficializar os negócios cobrando pelo serviço. Disse que lhe interessava criar um povoado na fazenda Lageado, onde os engenheiros da ferrovia andavam fazendo picadas de exploração, e propôs aos dois uma sociedade para compra, venda e loteamento da terra. Posso falar sem medo de passar vergonha: a maioria do povo daquelas bandas não era letrada e não entendia o português enrolado que o bonitãozinho carioca falava. Ele, com aquele sotaque do Rio, olhava nos olhos das viúvas e explicava que queria legalizar suas terras por preço módico. Só que ninguém tinha cobre lá. Então, Manoel dos Santos cobrava em terras pelo serviço. E acabava levando metade das fazendas compradas como paga pelo serviço. Quando revendia as terras, tinha lucro de mais de dez vezes. Era um negócio infalível. Até porque, se alguém engrossasse com o baixinho, ele deixava o francês de lado e lembrava dos seus bugreiros e jagunços de estimação. Andava sempre armado com pistola Browning de oito milímetros, era bom de mira, mas não sujava as mãos. Sua arma mais afiada era mesmo a língua.

O hominho decidiu visitar, então, o povoado de Nosso Senhor dos Passos. Por aqueles tempos, outras viúvas tinham voltado pra cá. Feito os primeiros contatos com os pioneiros, Manoel dos Santos resolveu adquirir umas terrinhas da fazenda Boa Vista do Lageado e se convidou para ficar na casa do Abraão Paes Correa da Rocha. Não se pode negar que o homem era agradável. Recitava uns versos de cabeça, tinha voz boa, sabia mesmo emocionar com as palavras.

Seu João Antonio foi o guia para o Manoel Antero dos Santos em muitas cavalgadas por aqueles campos. Todos nós ficávamos impressionados que o cavalheiro da diminuta figura, tão culto, tivesse interesse pelas nossas terras selvagens, cheias de kaingangs, malária e úlcera de Bauru.

Lá não se plantava café comercialmente e o grande negócio ainda era criar gado solto nos cerrados.

Poucos dias depois, acordei meio zonza, com uma pressão estranha na nuca e no peito. Foi mal pressentimento – dois bugreiros chegaram gritando:

– Ô, de casa, licença pra chegá?

– Podem chegar se vêm na paz – disse Abraão, não conhecendo os dois jagunços corpulentos.

– Olha senhor, nós somos honestos: não viemos em paz... Mas não é nada com o senhor.

– E de quem é que vocês estão atrás?

– Do advogado, o baixinho de bigode.

– Manoel dos Santos?

– O próprio demônio.

– E quem disse que ele passou por aqui?

– Estávamos no povoado de Salto três horas atrás. Disseram que ou ele estaria na casa de seu João Antonio Capa Negra ou na de Abraão Paes Correa da Rocha.

– E vocês conhecem o tal João?

– Sim, já fizemos uns servicinhos por essas bandas, viu, doutor?

– Imagino que não foram roçados e semeaduras...

– Foi sim. Semeamos corpos no chão e almas no céu. Você deve ser seu Abraão, né?

– Exato, Abraão Paes Correa da Rocha, de Jaú. Agora, não entendo o que traz vocês até a minha casa, ainda mais para buscar o Santos com tanto ódio.

– Aquele malvado nos deve cem mil réis por serviços prestados.

– Serviços prestados?

DESAMPARO 103

– Ora, o senhor deve saber que nem toda viúva vende terra fácil, né? A gente fez o trabalho sujo, mas não recebeu. Já mandamos recados de cobrança...

– E posso saber qual o nome dos senhores?

– Mané Teixeira.

– Alfredo Rabo Grosso.

– Pois os dois são meus convidados pra almoçar. Prazer, Mané. Prazer, Alfredo. Ritinha, capriche na boia e ponha mais água nesse feijão que temos dois corretores de terras que vão nos dar a honra de almoçar com a gente.

Era difícil saber quem era mais forte, se o banto Mané Teixeira ou o baiano Alfredo Rabo Grosso. Os dois estavam de chapéu de palha e Mané calçava tamanco. Os homens comeram com vontade. Seu Abraão ia pessoalmente na cozinha pedir, ora pra gente usar os torresmos que estavam guardados pra sábado, ora para cozinhar um franguinho extra, ora pra pegar o garrafão de cachaça e deixar na mesa. Ia fazendo isso com a maior naturalidade, enquanto descobria o que eu já sabia: que os dois jagunços tinham sido do bando de Dioguinho – o famoso assassino de empreitadas que tinha matado Rugrê, Dib e os kaingangs. Se eu falar que não tremia quando servia farofa pros cabras, estaria mentindo. E a vontade de botar vidro moído no prato dos dois? Só faltou coragem. Sem coragem não se vive. Sobrevive-se, pois. Serviu-se o almoço, tomou-se a cachaça, papou-se o doce e degustou-se o café. Os jagunços amansaram, mas não esqueceram. Seu Abraão fez sinal pra Madama Emma ir pra cozinha e falou:

– Olha, Mané Teixeira e Alfredo Rabo Grosso, vocês, em minha casa, comeram do bom e do melhor. Eu caí aqui com minha família pra criar raízes. Se for pra todo mundo ficar vivo e feliz, vamos ter que nos aturar. Vocês não são moleques, são vividos. Sabem que quem vem pra matar, também vem pra morrer. Nós debandamos pro meio desse sertão infinito pra abrir fazenda, mas em paz, em ordem. Não quero começar com o pé esquerdo resvalando em cova de vingança e de assassinato. Vocês estão se arriscando a viverem vida de quem mata branco, de quem mata rico. Não vive muito quem se mete com homem de títulos. No mínimo, passa-se a vida tocaiado em matas, fugindo do Tenente Galinha e da Captura. Olha só, eu lhes dou cem mil réis e o caso se encerra. O dinheiro está na mão, aceitem e vão em paz, hoje mesmo, pro Salto. Se aceitarem acabar com isso, vocês dois poderão vir à minha casa sempre, e aqui serão muito bem-vindos, quem sabe até não arrumo um trabalho pra vocês de vez em quando.

– Trato feito, Abraão, o senhor é um homem honrado. Ainda vai ser coronel dessas terras. Desculpe o atrevimento, mas me deixa também te dar um conselho, que benção de bêbado e ajuda de bandido valem em dobro. Aquele homem que procuramos é muito tinhoso. E pode ser ingrato. Olho aberto e confiança pouca. Malandro é o cavalo-marinho que se finge de peixe pra não puxar carroça, doutor.

E foram os dois homens. Só aí que reparei nas facas e revólveres que levavam no cinturão, deixando a Winchester 44 na sela dos animais.

João Antonio Capa Negra, quando soube do acontecido, veio conversar com seu Abraão, que lhe resumiu o desenrolado.

– Abraão, compadre, esses dois são tranqueira braba. Escute: corremos perigo nos associando com o hominho das leis.

– Que é isso, João! Manoel dos Santos é homem honrado, de muitos teres e haveres.

– Abraão, o coisa-ruim veste batina pra seduzir o mais ingênuo. A melhor cautela manda não termos negócio com o tal advogado.

– João, o negócio com o Manoel está feito. Palavra é palavra. Além do mais, não vai ser a gente que vai impedir o homem de civilizar esses sertões. Quando a guerra é inevitável, melhor ficar do lado do mais esperto.

Manoel Antero dos Santos mal tinha surgido naquelas terras e já era o principal assunto do sertão. Ele voltaria um ano depois, com a esposa Helena, ficando hospedado ora na casa de João, ora na casa de Abraão, sempre muito bem recebido, enquanto aguardava a finalização das papeladas da sua nova propriedade. Mas de onde havia surgido aquele hominho tão peculiar? Isso eu logo conto. O que importa agora é que nesse dia fatídico, Santos foi salvo da morte graças aos cem mil réis que Madama Emma guardava num balaio. E, com eles no bolso, picaram a mula os dois matadores bravos.

"Palito elétrico" era como os pais apelidaram Manuel Antero dos Santos, aos cinco anos – em homenagem à descoberta de Thomas Edison que iluminaria partes do Rio de Janeiro e exterminaria suas assombrações a partir de 1879. A energia elétrica era uma bruxaria científica que Dom Pedro II queria importar para acabar com nossas bruxarias românticas, como o candomblé, o Dudu Calunga e as benzeduras. Desde os nove meses, quando começara a andar, Manoel não parou muito tempo no mesmo sítio. Aprendia rápido e a repetição o incomodava. Sua primeira palavra fora uma expressão que tirou o sossego de sua mãe: "Por quê"? Quem descobre o "por quê?" tem ocupação para uma vida inteira e nunca é envenenado pelo tédio. Baixote, e com saúde frágil na primeira infância, o jovem de cabelos aloirados tinha que aguentar as piadas dos colegas que o chamavam de marinheiro de enxurrada. Quando tomou o primeiro murro na cara, aos cinco anos, sem entender a razão, descobriu que a vida está sempre a nos socar sem carecer de motivos e tratou de prevenir-se. Pediu uma arma para o pai e, também, aulas de tiro. Seu José achou graça. Em pouco tempo, o pequeno Santos acertava passarinhos a distâncias consideráveis com sua espingarda de chumbinho.

O hominho de terno de brim mineiro, gravata borboleta e botas de couro – que passava os dias batendo de porta em porta no povoado de Nosso Senhor dos Passos, se oferecendo para regularizar terras alheias, tinha nascido no Rio de Janeiro, mais especificamente no Largo da Carioca, nove anos antes da chacina dos onze. Manoel dos Santos era filho de portugueses. A mãe, Maria, havia nascido na Ilha da Madeira. O pai lhe obrigava a decorar trechos inteiros de "Os Lusíadas", que sempre recitava antes de dormir. Seu José se orgulhava de conhecer os versos de cor, mesmo tendo deixado a escola muito cedo para trabalhar. Seus progenitores, vindos de famílias abastadas que faliram em Portugal na época da invasão Napoleônica, enriqueceram novamente com o comércio na capital do Império.

Santos gostava muito de ler poesia, ir ao teatro e montar a cavalo. O carioca passava horas trancado em seu quarto, a luz de velas, se preparando para entrar na Faculdade de Direito do Rio de Janeiro. Atirava bem e estudava línguas: francês, italiano, espanhol e inglês. Do pai herdara a mania de decorar versos que utilizava para discursar em datas solenes na escola. Estudava, também, alguma coisa dos gregos – especialmente oratória e política. Numa viagem familiar, em que José e Maria buscavam o saudável ar das montanhas de Resende para purificar os pulmões, Manoel conheceu a paulista Helena do Amaral Rocha, sobrinha do Barão da Serra Negra e do Barão de Resende. A conversa foi breve e cheia de coincidências. Assim como ele, Helena tinha antepassados na Ilha da Madeira, chorava com o romantismo de "Marília de Dirceu" e achava a igreja da Terceira Ordem, no Rio de Janeiro, a mais bela edificação em que já pousara os olhos. Ambos gostavam de superlativos, de adjetivos e de garimpar palavras raras. Manoel se impressionara com o casarão do tio de Helena. Lá, só conversavam em francês.

Casou-se, então, aos 18 anos, em Campinas, com festa farta, onde serviram champanhe e dançou-se valsa. O matrimônio com a fina paulista o impediu de terminar a faculdade de Direito, no Rio. Logo, mudaram-se para a crescente São Paulo, onde Manoel passou a atuar como rábula. A capital paulista tinha excelentes ares naquele final de século, e começava a enriquecer com o café. Ainda assim, não agradou aos recém-casados. Santos achava São Paulo pobre em comparação com seu Rio de Janeiro e surpreendia-se com a grande quantidade de brancos e caboclos nas ruas: "Aqui o branco pega na enxada". Já Helena se estressava com o movimento do centro, o barulho dos mascates e o cheiro de lixo. Gostava da cidade grande para passeio, mas preferia reinar em sua fazenda. Desde que mudara, Helena passara a ter sérias dificuldades para dormir, o que lhe obrigava a ficar num quarto separado do marido. "É como se uma mão, cheia de areia, abrisse meus olhos na marra, mesmo quando estou exausta", dizia. Mudaram-se, logo, para a pequena São Pedro de Piracicaba, onde, com um impulso do influente Barão de Serra Negra, Manoel se tornou titular do Cartório de Notas.

Em São Pedro de Piracicaba, Santos envolveu-se com a maçonaria, o que lhe rendeu amizades com alguns notáveis da política paulista. Apesar de envaidecer-se com esses primeiros passos na esfera do poder, sua grandes paixões eram a arte e a reforma do mundo. Julgava-se positivista e aplaudira a república recém-proclamada. Lia Auguste Comte e Durkheim no original, gostava de debater literatura e filosofia com a mulher e os amigos. Feliz com o clima quente e tranquilo da cidade, não tão distante de Campinas, Helena tocava piano, devorava Flaubert e pintava aquarelas com tintas que extraía de flores e temperos. Os quadros eram quase românticos, mas traziam algumas peculiaridades como céus castanhos e terras azuis. Alegrava-a assistir seu marido bonito atuando em peças que apresentava no recém-inaugurado Centro Cultural. Manoel havia criado o espaço com o poeta parnasiano Gustavo Teixeira, de quem era aparentado. Teixeira, na época um rapazola, era amigo do famoso poeta Vicente Carvalho, que arriscava-se criando gado na cidade de Franca e chegou a participar de alguns saraus do Centro Cultural, para a felicidade de Santos. Gustavo ainda viria a conhecer alguns modernistas como Cassiano Ricardo e Oswald de Andrade (que lhe velaria no leito de morte), mas esses nunca entrariam no coração de Antero dos Santos. "O tal do Oswald versa pior que muito violeiro que já ouvi pelo sertão. Seus versinhos têm mais pé quebrado que os do Orôncio Almeida Prado", diria anos depois.

A elite da região e muitos políticos do PRP frequentavam os encontros no Centro Cultural. Fumava-se charuto, tomava-se bons vinhos e bebia-se café. Discutia-se Antonio Conselheiro e a Guerra dos Canudos, falava-se de política e cultura, realizavam saraus literários, concertos musicais e apresentavam peças de teatro, muitas delas, escritas pelo próprio Santos, que era, na maioria das vezes, o ator principal.

Manoel não era católico fervoroso; declarando-se, inclusive, livre-pensador. O Frei Aspreno preferia chamá-lo epicurista, o que irritava o carioca. Epicurista, estóico, cínico... A verdade é que, apesar da vasta biblioteca, Manoel tinha alguma dificuldade com as leituras de Montaigne e Marco Aurélio, das quais dizia compreender "100% das palavras e 50% das ideias". Guardava do filósofo missivista de Samos a máxima: "Não devemos temer os deuses", que lhe servia como lema mental e bordão nas discussões sobre religião.

Numa noite de inverno – em que se temperara o vinho quente com cravo, canela e maçã – provocou muitos risos e aplausos uma bambochata de Artur de Azevedo, cujos ingressos, como de hábito, foram doados para obras de caridade. Não era o suficiente. O sonho de Santos, como ator amador, era o Hamlet de Shakespeare, que ele tentava traduzir para o português auxiliado por um dicionário e muita imaginação. Acreditava que sua versão tropical da tragédia sobre o príncipe da Dinamarca seria seu grande legado para a humanidade. Só não conseguia dar autenticidade ao velho espectro da história. Nunca havia visto fantasmas e não podia acreditar neles. "São meras crendices mediúnicas, mas... Como gostaria de me deparar com um morto em vida!". Helena ria complacente com a falta de sensibilidade do marido. Sabia que sua inteligência tinha o grave defeito de limitar-se à realidade. O primeiro filho do casal puxara o temperamento da mãe, muito sensível e com o hábito precoce de conversar com as flores.

As esperanças de escrever o nome em pedra frustraram Manoel, quando Helena lhe confessou um dia que sua poesia favorita havia sido escrita por Gustavo Teixeira. Manoel disfarçou o ciúme e pediu a esposa que lesse sua tradução de Hamlet. Passou um dia, uma semana, um mês. Tarde da noite, num sábado, após a apresentação de uma peça de Manoel no sarau, ele perguntou para a mulher por que ela não tinha comentado nada sobre sua obra, no caminho de volta para casa.

– Ah, Manoel, me desculpe. A peça parece boa, mas tem algum poder mágico que me faz dormir. Para uma pessoa com insônia brava como a minha, é uma obra milagrosa.

Foi o fim dos dias felizes da vida de Santos. Pouco depois, permutou seu cartório por outro em São Carlos do Pinhal para onde se mudou com Helena e a crescente família.

Se a literatura e a arte não lhe renderiam a imortalidade, Manoel dos Santos a alcançaria através da retilínea arte do Direito, que lhe proporcionaria salvar o Brasil de suas mazelas sociais e do atraso. Já havia aplaudido a Abolição da Escravidão e a Proclamação da República. Acreditava que o próximo passo para nosso gigante trôpego seria civilizarem os nativos e trazerem colonos europeus para o campo. Manoel sentia o cheiro do progresso desembarcando com os imigrantes e fazia questão de mostrar sua fluência em italiano aos recém-chegados, mesmo que muitas vezes estes não o compreendessem. Manoel justificava-se aos conhecidos dizendo que deveriam ser uns brutos, falantes de algum dialeto da Calábria.

Em São Carlos, nosso proficiente rábula ficou amigo de muitos políticos importantes, entre eles o deputado Cincinato Braga, que lhe falou de uma oportunidade de se tornar promotor público na cidade de Paranaíba, sertão do Mato Grosso, onde se estava pleiteando a Empresa do Porto de Taboado, que ligaria a efervescente cidade de Rio Preto ao rio Paraná. Estavam todos participando de um farto jantar beneficente em prol dos Órfãos do Futuro Porvir. Cincinato fumava charuto e tomava o digestivo conhaque. Santos preferia as sofisticadas cigarrilhas trazidas de São Paulo, marcadas com suas iniciais, assim como a elegante caixa de prata, onde as guardava. Enquanto ouvia Cincinato Braga, lembrava-se de Helena elogiando os poemas parnasianos de Gustavo Teixeira. "Gustavo nunca sentou em uma mesa tão florida de importância para a nação como essa. Isso aqui é a Academia de Platão transportada para os trópicos. Com a diferença de que, além de sabedoria, os presentes serão brindados com riquezas sem fim ao final dos trabalhos".

– Manoel, tudo que este sertão precisa é de gente que conhece e faz as leis como você. Por exemplo, a estrada de ferro da NOB vai sair do papel, passando por um monte de terras ocupadas por posseiros. Essas terras outrora devolutas, em breve vão se valorizar. Vai ganhar dinheiro quem investir em cabos de luz, telefonia, trilhos, estradas; *en d'autres termes*, já que o amigo gosta do francês: infraestrutura moderna, meu caro. É um dever cívico da República financiar essa melhoria para as terras selvagens e escurecidas do Brasil, levando-lhes a luz e a branquitude do futuro. E vai ter mais lucros ainda quem comprar essas terras baratíssimas e sem dono e revendê-las para a italianada que está chegando. A italianada não há de contentar-se muito tempo em viver como escravos brancos, você vai ver. Esses europeus progridem rápido. Sonham em comprar terra para produzir. Dizem que se ouve falar de nossa pátria mãe até na Dinamarca e no Japão, Manoel. Tem muito bretão querendo investir os tubos no Brasil. O Brasil é o país do futuro. E o futuro, Manoel, o futuro é agora. O futuro é o hoje. É o século xx: progresso, indústria e velocidade.

Cincinato Braga tremia, emocionado com as próprias palavras. A curiosidade *naivè* de Manoel, no entanto, era implacável:

– Nobre vereador, posso lhe perguntar por que você está me dizendo tudo isso?

– Manoel, teus porquês andam ofuscando sua clara inteligência. Nós do prp somos uma irmandade. Ajudamo-nos uns aos outros. Espero poder contar com o senhor em breve nessa família. Eu lhe ajudo agora, você me ajuda depois, e assim vamos nos ajudando pelo resto da vida.

Manoel não fez mais perguntas. Avisou Helena que fizesse as malas e reunisse os filhos. Tinham um compromisso com o progresso. Em Paranaíba, empenhou-se na construção do Porto Taboado e na finalização da estrada que ligava a cidade no Mato Grosso até Rio Preto, projetos que eram de profundo interesse do coronel desta cidade, o senhor Waldemar G. C. de quem se tornou sócio na instalação de uma balsa a vapor sobre o rio Paraná, no Porto Taboado. Helena odiou Paranaíba, mas os negócios de Santos foram tão bons por lá que logo eles haviam mudado para Rio Preto, onde Manoel ingressou na política oficial, tornando-se líder do Partido Republicano Paulista.

Helena estava cansada de tanta mudança. Sentia falta do Manoel Antero dos Santos artista, rabiscando versos e atuando nas peças do passado. Em 17 anos, Manoel havia saído do Rio, casado em Campinas, morado em São Paulo, São Pedro, São Carlos, Paranaíba, Rio Preto e agora mirava as terras de Maria Chica. Para cada cidade, uma mudança, uma casa, uma nova criança. Helena sentia falta do homem elegante que lhe pedira a mão em Resende, e com quem o assunto parecia brotar naturalmente. Agora sentia que Manoel só tinha tempo para os coronéis, enquanto a ela restava conversar com as flores e as crianças. Aproveitando-se da mudez dos lírios, Helena confessava-lhes, melancólica, que Manoel já não a amava como antes e que, talvez, nunca a tivesse amado. Temia que, em tantas mudanças, ele houvesse conhecido outras mulheres, talvez mais jovens e mais belas do que ela, que vira o corpo metamorfosear-se em nova carapaça a cada gravidez que a vida trazia.

Coronel Waldemar sugeriu ao Manoel Santos que ele comprasse, no mínimo, o título de Capitão da Guarda Nacional, para impor respeito naquelas terras e começar a deixar de ser visto como um mascate de coronéis. Santos acatou a sugestão, mas divulgou aos populares que havia jurado compromisso de lealdade como coronel. De qualquer maneira, seu lindo diploma da guarda – ricamente ilustrado – ficava sempre pendurado nas paredes de seus escritórios, ocupando o espaço nunca preenchido pelo desejado diploma de bacharel em direito.

Quando o rábula chegou em casa, estava exultante.

— Helena, acabo de me tornar sócio do Waldemar em mais um empreendimento.

-Vocês vão fazer uma peça juntos?

— Peça?! Que peça, Helena? Meu bichinho, não seja ingênua, quanto tempo não mexo com isso, as artes são para as pessoas frívolas, tolas, como o Gustavo Teixeira.

— Não fale mal do Gustavo, ele sempre lhe foi um bom amigo. E um grande poeta.

— Gustavo é um sonhador. Nada mais.

— Gustavo é um grande poeta, Manoel.

-Vai defender aquele velhaco na minha frente, assim, Helena? Daqui a pouco vai me dizer que ele é bonito, elegante... E galante, também?

— Manoel, você sempre foi o homem mais galante que já vi.

— Não sou só galante. Gostaria que você enxergasse meu potencial. Meu talento para os negócios.

— Eu enxergo um excelente marido....

— Não nasci para essas frivolidades domésticas. Estou construindo história com ações, em vez de versos e cantorias. Comando um batalhão de homens, tenho empregados. Não sou um errante, como alguns que se dizem poetas. Hoje decidi abrir uma empreiteira, a Companhia Melhoramentos do Rio Preto, em sociedade com o Coronel Waldemar. Isto sim é fazer alguma coisa pelo país.

— Esse homem não presta, Manoel.

— Waldemar é um homem honrado e rico.

— Melhor você escolher um dos dois adjetivos.

— Mulher, mulher... Waldemar é homem de família, honesto, rico e culto. Em sua vasta biblioteca existe até um livro encadernado com pele de escravo. O homem tem tradição correndo nas veias.

– Será que você não pode sossegar um pouco? Criar suas crianças? Passarmos mais tempo juntos.

– Bichinho, não tenho tempo para sonhos.

– Me conte, então, o que é esse seu novo brinquedo.

– Não é brinquedo, são negócios: iremos promover o desenvolvimento do sertão. Facilitar a comunicação com o resto do Brasil, povoar a parte inabitada com gente vinda dos melhores cantos da Europa. E, mais, vamos criar indústrias. Seremos os bandeirantes letrados deste século. Só que no lugar de garruchas, levaremos a proteção das leis e as maravilhas da tecnologia. Vamos criar o futuro, mulher, e isto não tem preço. Deixei de escrever livros para ser citado neles.

Quando Manoel Antero dos Santos se mudou da cidade de Rio Preto para Nosso Senhor dos Passos, nossa humilde comunidade era formada por meia dúzia de casas de pau a pique, um cemitério, um cruzeiro aos frangalhos e um punhado de fantasmas. Foi o hominho chegar com aqueles ternos elegantes, o francês afiado e as gravatas borboletas que as coisas galoparam. Havia algo no perfume do Santos que deixava o cérebro da gente desejoso de progresso. O velho João Antonio reconstruiu o cruzeiro e rejuvenesceu uns quinze anos só de ver a cruz em pé. Ao lado do cruzeiro, sua mulher, Lia, mais a filha, Maria das Dores, construíram uma capelinha muito simples com santinhos de cera, de onde saíam procissões nos dias de Santa Rita, São Francisco e Nosso Senhor dos Passos. Seu João Antonio mandou trazer, também, o Zé Mestre, um professor particular, que dava aulas na casa dos Capa Negra, para mais de cinquenta crianças. Zé Mestre era sujeito sádico, de enorme cabeça salpicada de caspas sobre o corpinho raquítico, que castigava filhos alheios surrando-os com vara de marmelo. Diziam que Mestre tinha raiva das crianças por ser apaixonado por Maria Castro, que na época não contava onze anos e ainda chupava o dedo escondida da mãe, Maria das Dores. Apesar de não ser raro, ali, menina casar moleca, Maria não queria saber de adolescer. Risonha como o pai, Ricardinho, seu negócio eram as brincadeiras de pula-carniça, pega-pega e uma bonequinha de sabugo de milho. O Zé Mestre descontava, então, sua paixão frustrada nas outras crianças. Só na Maria não batia.

A paixão do casporento por Maria Castro me recordava histórias tristes que mamãe contava sobre Frutuoso Bugreiro. No final da vida, Maria Chica não podia beber muito, amargava e queria ficar passando a existência a limpo. Puxava o canto da boca, nervosa, e carregava nas órbitas um olhar de desamparo que jurei pra mim mesma que não teria, nem quando estivesse nas intermitências da morte.

Escola na roça era tabuada e alfabetização. Só. Mau aluno que errava tabuada tinha que estender a mão e apanhar de palmatória. Criança que tivesse dó da outra também era surrada pelo Zé Mestre, que se achava superior a todos por ser bem alfabetizado, mas vivia errando ortografia.

Como sempre namorara livros e palavras, eu procurava ajudar nas aulas. Guardava com os olhos Maria Castro, e estudava com os mais atrasados. Aproveitava para ensinar português pro Montanari – o camarada da NOB que acabou ficando com a gente. Era bonitinho e tinha cara de anjo, com aqueles cachinhos e nenhum fio de barba; o corpo branco todo rígido e a boca bem carnudinha, em formato de coração. Só que ver os colegas sendo massacrados deixou o italianinho maluco. Um dia, Montanari estava

DESAMPARO 119

lá com a gaitinha, tocando umas músicas animadas para mim, quando perguntei de onde ele vinha. "Do futuro", respondeu.

Sem a venda de Maria Chica, as compras de mantimentos eram feitas por canoa. Com catarata de suor rolando barba abaixo, seu Abraão levava torresmo salgado pra vender no povoado ou em Rio Preto e voltava com arame, cordas, querosene e as coisas que a terra não dá, mas o homem gosta ou precisa. Trabalhava e rezava muito, ganhava pouco. Sua esposa, Madama Emma, se fartava de felicidade em poder conversar em francês com Manoel Antero dos Santos e o engenheiro da NOB, Charles Saint-German. Me dava uma bruta curiosidade descobrir como Seu Abraão e a Madama Emma, tão fina, tinham se conhecido. A outra agregada, sorriso humano, enrolando balas de coco, me puxou de canto e cochichou:

– Sabe não? Coronel Abraão rodou toda a Europa, mais Chile, Argentina e Uruguai. O bicho era namoradeiro e tinha bufunfa boa do café. Quando deu fé, Jaú ficou pequena pras conquistas dele. Se mandou pra Paris e lá conheceu uma dançarina linda, mulher moderna, com quem rodou o mundo. Você acredita se eu te disser que a dançarina... Olha não conta pra ninguém, mas dizem... Isso é o que o povo diz, tá? Dizem que Madama Emma era dançarina de can-can.

Verdade que além de fina, inteligente e crente, Madama Emma dançava? Olhei pra mulher de nariz arrebitado e sardas na bochecha, e um mistura de inveja e admiração tremelicou-me o corpo. Nem chorar, ela chorava. Guardava lágrimas e arrependimentos pro diário.

Choro mesmo, era de Helena Antero dos Santos. Lembro do desgosto dela quando viu a agregada lavar um pedaço de queijo fresco trufado de larvas. Dona Helena ralhava para a mulher jogar o queijo fora, mas a agregada dizia: "Isso aqui é bicho do queijo, sinhá, é natural. Lavou, tá novo". Helena chorava também pela falta de banheiro. Água encanada não havia. E mesmo na fazenda de Abraão, que tinha posses, casinha era só para mulheres – para os homens o que tinha era o mato infinito. Construída de madeira, a casinha se escondia na entrada do pomar, entre jabuticabeiras e laranjeiras, e continha, em seu interior o *chibum*. Se o intestino de Helena desarranjasse na madrugada, ela tinha que levar Maria Castro pra acompanhá-la de vela na mão. A distinta senhora se trancava lá e a criança se encolhia de frio observando o coaxar dos sapos gordos e o voo cego dos morcegos.

NOITE ABAFADA, sonhei com Modesto Moreira, meu pai. Ela falava, falava, mas eu não conseguia escutar. Era como se voz dele tivesse se perdido no passado. Seus olhos mudos exigiam vingança. Acordei no meio do cerrado. A lua intensa e cheia. Minhas companheiras, as estrelas, piscando, como querendo falar comigo. Veio necessidade de me meter no mato atrás do Congue-Huê. Fui. Flechas espetadas nos montinhos de areia eram velhos avisos dos tempos em que convivíamos. Não pensei no tardar da noite, nem em bichos. Apenas segui. Roças de milho roxo e graúdo anunciavam que eu chegara. Congue-Huê não dormia. Estava acocorado, apoiando as costas curvas numa peroba velha e grande, seca como sua pele, curtida ao fogo lento do sol de infinitos dias. Pelos saíam de lugares que a juventude nem sonha, e protuberâncias despontavam sobre o corpo magro. Demorei pra entender, ali, onde terminava o homem e começava a árvore.

— Rita, você perdeu a anta!

— Anta?

— Estava saborosa, pegamos laçada no cipó imbê.

– Não estranhou minha visita, a esta hora, Congue-
-Huê?

– Sonhei que você vinha. Depois eu estava sem dente
nenhum. Tentava respirar, mas o ar não entrava. Acordei
com a garganta em nó. Se disser que o sonho foi bom,
minto.

– Desculpe o mau agouro. Precisei vir até aqui.

– Se despedir é bom.

– Não pensei em despedida.

– A razão demora pra entender algumas coisas que a
alma antevê.

– Ando confusa, e achei que você tivesse algumas res-
postas.

– Os tempos andam mudando muito rápido, já não
consigo nem mais saber quando chove...

– Congue-Huê...

– .... Antigamente o vento não mentia. As idades do
ano se faziam mais regulares, assim como os períodos das
mulheres e a sanidade dos homens. Essa gentarada toda
chegando desregula o girar do mundo. Não se sente tonta?

– E eu que achava que a solidão era ruim?

– Bom, os kaingangs gostavam mais quando viviam sós.

– Acho que me senti completa só quando era pequena,
sabe? Quando achava que conhecia meu pai, e minha mãe
ainda era viva.

– Maria Chica.

– Maria Chica, a que tirou meu pai de mim. Agora pai
pra mim é borrão, espectro. Quando experimentei a solidão tive medo, depois as pessoas voltaram e tive medo.
Porque continuei me sentindo profundamente só. Eu...

DESAMPARO 123

– Você quer me fazer uma pergunta. Pois faça.

– Eu... Vim aqui pensando: "Saber que viver é uma experiência solitária, não importa quantas pessoas te rodeiem, assusta ou alivia?"

– Rita, você anda buscando palavras muito complicadas para falar do comum. A vida pode ser simples. Ouça seu pai. Você precisa ouvi-lo. Além do mais, eu não acredito que somos algo sozinhos. Somos todos metades: um lado da verdade. Kamé e Kairu. A tristeza não é estar só, mas sim estar incompleto.

– Hum, você não parece triste.

– Não vou viver muito. Me sinto feliz por não ver meu povo desaparecer de vez. O problema dos brancos matarem os kaingangs é que, se os kaingangs desaparecerem, desaparecem os guaranis, os oti-xavantes, as onças, as antas, o jequitibá, as estrelas e os rios. Tudo que nossos olhos um dia comeram e só existe em nossas retinas. Desaparece um jeito de se pensar, de enxergar o mundo e a natureza. Cada nativo que um branco mata é um suicídio que comete. Azeda vitória – nossos inimigos são nossos espelhos.

– Congue-Huê, tem um branco novo no povoado. O senhor já ouviu falar dele?

– Um demônio. Sonhei um pererêzinho maléfico e brejeiro cavalgando monstro imenso que cuspia fogo e corria veloz por terras de aço.

"Epa, Mapinguari vai descer do Amazonas?"

Quem interrompeu a conversa, de guarantã na mão, foi um homem de pele negra, seminu, cabelos grisalhos, corpo forte e recoberto de tatuagens. Vinha comendo banana-imbê. Suas tatuagens lembravam algo que eu já vira.

Lembravam os desenhos do desaparecido Jorge Luis Capa Negra.

– Procópio?!

– Congue-Huê me disse que você é a filha da Maria Chica com o Modesto Moreira. Conheci os dois.

– Você conheceu Modesto?

– Homem bom. Muito inteligente e engenhoso.

– Eu gostaria de ouvir sua voz.

– Modesto deve ter muito pra lhe falar. Foi muito injustiçado pelos brancos deste povoado. Os Pinto Caleira e os Capa Negra quiseram emporcalhar seu nome e tomar suas terras. Viraram loucos reis neste quente cerrado.

– Pobre do pai. Eu preciso ouvi-lo, preciso... E o que você faz aqui com os kaingangs?

– Procópio virou rekakê de uma aldeia de kaingangs subordinada a mim – explicou Congue-Huê.

– Mas ele não é índio...

– Os kaingangs têm menos preconceitos do que os brancos, Rita. Pode acreditar.

– Bom, fico feliz que você tenha escapado do Josué Capa Negra, Procópio.

– Você acredita que encontrei aquele velhusco há uns três anos?

– Onde?

– Aqui mesmo.

– Na mata?!

– E não foi? Os Capa Negra lá de Ribeirãozinho participaram de uma revolução armada que queria restaurar a Monarquia. Dominaram a cidade por 24 horas, hastearam a bandeira Imperial na prefeitura e botaram mais de mil jagunços armados na pracinha. Seu Josué Antonio foi celebrado pelo povaréu como irmão de leite de Dom Pedro II. Gritavam-se vivas à Imperatriz Isabel e ao princeso, Conde D'Eu. Aí chegaram as tropas do governo, deram meia dúzia de pipocos nos monarquistas e os homens se mandaram para as matas da região, temendo cair nas mãos do Tenente Galinha. Eu estava aqui há uns vinte anos. Me amiguei com uma kaingang, numa aldeia em que os brancos mataram rekakê e kuiã. Gostaram das minhas tatuagens e da minha garrucha. Me juntei a eles. Quando vi Josué Antonio, aquele barranqueiro sujo, perdido na mata – faminto e descabelado – achei que ia querer matá--lo. Velhusco safado, sádico, que deu gosto de queimar o bilau com ferro. Mas quando estava puxando a corda do arco, mirando na nuca do tranqueira, ele virou para trás e me olhou fundo nos olhos. O que eu vi naquelas bolinhas amareladas e pequenas foi um senhorzinho perdido no tempo, atropelado pela vida, que nunca deixou de ser fantasia de sangue azul num corpo pobretão. Miséria! Baixei o arco e catarreie no chão; perdoar, não perdoo, mas aliviei. Capa Negra não me reconheceu, deixamos com ele água e caça salgada. Acredito que seja ele o demônio errante que os brancos chamam Papa Figo.

– Nossa, Procópio, e eu que vim aqui chorar algo tão pequeno.

– Não é pequeno, Rita, é necessário ouvir o velho Modesto. Você é um espírito que nasceu vivido e vai demorar pra morrer. Nas suas costas o peso é dobrado.

– Tenho medo de não morrer nunca.

– Esse medo pode te prender muito tempo aqui, Rita.

126 FRED DI GIACOMO

– Congue-Huê, você acredita mesmo que os brancos vão exterminar os kaingangs? Não é possível vocês trucidarem eles como fizeram com os Pinto Caldeira? Ou, então, não é possível que o progresso seja bom? Os homens do povoado agora só falam em progresso, escola, capela. Estão confiantes na República. Quem sabe a democracia e o progresso não chegue pros kaingangs também? Será que não é tempo de baixar o guarantã?

– Sabe, Rita, nós, kaingangs, sempre tivermos rivalidade com oti-xavantes e guaranis. Nas lutas, levávamos suas mulheres e crianças para criarmos como nossas. Tenho orgulho das nossas vitórias. Respeito nossas derrotas. Fiquei feliz, no entanto, quando soube de uma mulher kaingang que um xavante tomou pra ele.

– Que horror, Congue-Huê.

– Horror foi o que aconteceu com esse homem – o último oti-xavante vivo.

– Como assim?

– Essa história aconteceu faz quinze anos, mais ou menos; uns sete anos depois que botamos os brancos pra correr daqui. O governo do estado ficou sabendo que só tinham sobrado cinquenta oti-xavantes no universo. Então, chamaram os otis até São Paulo. Eles acharam que iam ganhar terras. Uns diziam que iam ter as terras deles no Oeste garantidas, outros que iriam morar em palacetes da Avenida Paulista e, os mais sonhadores, que seriam mandados para a Europa como embaixadores da República. O chefe dos oti só queria umas carabinas pro povo se defender. Sua mulher queria o direito de não se deitar com branco à força. O governador chamou a imprensa, serviu

DESAMPARO 127

chá e lhes deu alguns presentes: penduricalhos, umas medalhas e um cargo de Capitão, como o que eu tenho, pro chefe. Dois tapinhas nas costas, uma diária na pousada do Barão e, depois, rua. Mandou-os voltar pro sertão. Aquilo era só pra inglês ver. O regresso foi um rio de lágrimas. Sabendo que os oti-xavantes tinham voltado apenas com latão e palavras vazias, Sancho Figueiredo e outros coronéis se aproveitaram da triste marcha. Os xavantes pareciam que eram perseguidos por uma nuvem cinza e, a cada passo que davam, a nuvem lhes presenteava um banho de azar. Perdiam peso, roupas e dentes ao caminhar. Diversos xavantes foram vendidos, enquanto as mulheres foram forçadas à prostituição. Dizia-se que deitar com nativas que ainda não haviam menstruado era um remédio para sífilis e gonorreia. Dez anos depois restavam, de todos os oti-xavantes, apenas um homem, quatro mulheres e quatro crianças. Esse homem, José Xavante, foi capturado numa dada e casado com uma kaingang. Depois de capturado foi vendido. Depois de vendido foi trocado por uma vaca. Cada vez menos homem, cada vez mais besta. Já conheço seu destino: morrerá sem nunca ter seu trabalho pago. Peço todo dia para não ver chegar aqui o progresso que troca homens por vacas e nos faz trabalhar como burros. Pude viver livre e desfrutar o modo de vida dos meus antepassados. Trabalho para manter meu corpo alegre, não há dinheiro que compre as horas dos meus dias. Tempo não se vende. Nossa sabedoria também não. Sinto pelos jovens. Não vou viver muito. Mas me sinto feliz por não assistir meu povo desaparecer ou ser escravizado.

FORAM NECESSÁRIAS três viagens a São Paulo, dezessete telegramas, um boato desmentido e 1.095 cartas escritas de próprio punho – uma por dia, ao longo de três anos, para que Manoel Antero dos Santos, finalmente, conseguisse convencer o Frei Marcelino Della Valle a fundar a cidade de Nosso Senhor dos Passos, com estabelecimento de um convento dos capuchinhos neste sertão pagão. Sem nunca ter se formado em direito, nem nunca ter pegado no cabo de uma enxada, Manoel Antero dos Santos havia conseguido juntar trinta mil alqueires de terra oferecendo serviços jurídicos para viúvas, velhos e analfabetos. Seus antigos amigos; Mané Teixeira e Alfredo Rabo Grosso, eram corretores de vendas muito persuasivos. É notório o que fizeram com o filho de um Pinto Caldeira que dizia que não precisava de papel algum para saber que as terras onde morava eram de seu pai. Rabo Grosso e Mané Teixeira tentavam há dias convencer o rapazola a contratar os serviços de Manoel dos Santos em troca de metade de suas terras, mas o moço, teimoso, não cedia à vantajosa oferta. Os três bebiam cachaça na Loja do Sol. Cambaleando, o

Sicrano aceitou tomar uma saideira com os jagunços no rancho do Mané Teixeira, onde lhe perguntaram mais uma vez se aceitava a proposta. Sicrano, inocente, achava que qualquer um era dono de suas posses e de sua vida.

Chegando próximo a uma árvore grande, os dois capangas seguraram o frangote teimoso e lhe amarram pelas pernas de ponta cabeça. Não cedia. Chutaram-lhe a boca até quebrar os dentes. Não cedia. Tiraram-lhe as calças. Não cedia. Pegaram um funil e botaram óleo pra ferver. O camarada não entendeu. Enfiaram-lhe o funil pelo ânus. "Eu assino, eu assino!" Assinou. Como não queriam desperdiçar a fervura e já estavam com o papel desejado, despejaram o líquido fumegante pelas entranhas do Sicrano, que estrebuchou durante 37 minutos, até morrer. Depois disso, fechar os demais contratos ficou mais fácil. A boa propaganda é a alma do comércio. E o negócio era bom. As terras recolhidas por Manoel eram redivididas em lotes menores para serem oferecidas a colonos. Para que o empreendimento valesse a pena e as glebas triplicassem de preço, Coronel carecia de trazer três benefícios para região: trem, infraestrutura e paz.

Os cupins que construíam gigantes castelos de terra eram testemunhas: a linha de trem chegava, uma olaria havia sido erguida, mas faltava resolver a paz com os kaingangs. Primeira opção era o serviço dos capangas contratados pela NOB para proteger a estrada de ferro. Também era notório e discreto o trabalho que os missionários haviam feito para salvar as almas dos nativos pelo Brasil. Por isso, quando soube que o Frei Marcelino Della Valle tinha deixado a Itália em busca de trabalho missionário, Santos se empolgou. Precisava, agora, de um bom dote para celebrar o casório com os capuchinhos.

À medida que João Antonio Capa Negra ia envelhecendo, seu genro, sobrinho e filho adotivo, Ricardinho, assumia os negócios da família. Apesar do tio sempre desconfiar do Santos, Ricardinho resolveu regularizar as terras que possuíam. Após levar metade do latifúndio dos Capa Negra nesse processo, Santos os convenceu – em um jantar com pato assado, vinho de Macau e Madeleines de sobremesa – a comprarem mais uma parte das terras de mamãe e doar cem alqueires delas para os frades capuchinhos. Desses, cinquenta alqueires iriam para a cidade de Nosso Senhor dos Passos e cinquenta alqueires para a construção de um convento e uma escola. "É a oportunidade de realizar o sonho dos pioneiros que aqui morreram", emocionava-se Santos, vestido de fraque e cartola. "Estas seis casas de barro com cemitério e cruzeiro são heroicas, mas não são reconhecidas, ainda, como cidade. Com a igreja ao nosso lado, amansamos os índios, começamos a civilização e, eu garanto que em menos de dez anos seremos município independente de Rio Preto, invejados por Bauru e, quiçá, sede de comarca. " Abraão repetia o pato "O nome Nosso Senhor dos Passos, que seus amigos e parentes trucidados pelos silvícolas morreram gritando, vai ecoar por todo o Brasil". Ricardinho Castro aplaudiu empolgado, seguido de sua esposa Maria das Dores e de sua sogra Lia Goulart, alegrinhas após tomarem a segunda taça de vinho sino-lusitano diluído em água. João e Abraão só ficaram plenamente convencidos quando os bolinhos foram servidos com café fervido ao cardamomo. Tradicionalmente, parte do chá da tarde dos franceses, as Madeleines haviam sido feitas pelas mãos loucas de dona Helena – que conversava com as xícaras de farinha e açúcar, acariciava a manteiga derretida, sussurrava para o fermento e pedia, encarecidamente, que as raspas de limão e os quatro ovos atendessem aos desejos do seu marido e trouxessem os capuchinhos para Nosso Senhor dos Passos, atraídos pela gentil doação dos Capa Negra.

– Assim ele sossega em só um lugar, queridas raspas de limão, que não sou cigana, nem macaca para pular de galho em galho. E com padres, escola e trem – amada farinha – esse mato fedorento ficará habitável.

Fechei os olhos quando senti o bolinho esfarelando no céu da boca, umedecido pela mistura de café com cardamomo, que lembrava minha mãe. Coronel Santos havia me convidado também, para surpresa de todos, como representante legal de Maria Chica. Ao contrário dos Goulart e dos Capa Negra, que voltaram para suas fazendas, os Ferreira nunca mais puseram os pés aqui; grande parte dos lotes que foram comprados e revendidos pelo Santos em Nosso Senhor dos Passos, pertenceram à família de mamãe e de Alexandre Ferreira. Por isso, o patrimônio também era popularmente conhecido como "Terras de Maria Chica"; o que irritava os Capa Negra. Montanari roçava seu pé de leve no meu por baixo da mesa. Viera me acompanhando, mas não sabia se comportar diante do poder daqueles homens. Segurava-se pra não rir do engenheiro, calado e de pele branca, que lambia os beiços e separava os nacos de gordura do pato. Era um homem de cabeça grande, bochechas vermelhas, cavanhaque ruivo e chapéu coco – mesmo à mesa – para esconder a calva rosada pelo mormaço. Hora diziam ser inglês, hora canadense. Robert Mock Turtle declarava-se empreendedor. Eu e Montanari não conseguíamos tirar os olhos daquele chapéu. Sujeitinho engraçado.

Recebi algum dinheiro pelas vendas das posses de Maria Chica, coloquei tudo numa botija de cobre e enterrei perto das terras dos kaingangs. De todas as minhas irmãs, fui das poucas que não acabou lavando roupa e arrumando casa dos outros pra ganhar o pão.

Se estivesse na cidade, longe de Montanari, eu gostava de espiar o movimento dos *trolleys* que chegavam com gentes novas. Dois deles passavam os dias medindo terras e calculando com o engenheiro Mock Turtle. Dinamarqueses, refletiam o sol no olho da gente: Peter e Christian. Pra facilitar chamávamos de Pedro e Christiano. Gostavam de uma prosa no português engraçado que piavam. "Mock Turtle e Santos eram sócios, um cuidava de registrar as terras dos pioneiros e o outro de demarcá-las". Ambos irmãos Ovesen usavam bigodes e tinham olhos azuis, mas Christiano era mais charmoso. Ria mais, era alto, tinha lábios rosados e cabelos castanhos lisos, bem clarinhos. "No Brasil, colhe-se dinheiro com a enxada". Gostava de dançar nos bailes de sábado, onde Montanari tocava uma sanfoninha de oito baixos, acompanhado do velho Bico Doce no violão e Tristão Surdo no pandeiro. Num desses bailes de fazenda, Christiano conheceu Karen Hamsun, dinamarquesa sem sal, mas que os homens achavam bonita graças aos olhos verdes e às tranças loiras. Vinham da Ilha Falster. Eu nunca conhecera ninguém de um lugar tão

DESAMPARO 133

frio. Imaginava se os flocos que caíam na Dinamarca eram tão brancos quanto à pele dos Ovesen. Que gosto teriam? Neve açucarada. Pedro e Christiano se davam bem com o Coronel Manoel dos Santos, que vez ou outra gostava de interrogar Christiano sobre a história de Hamlet, baseada em um antigo mito dinamarquês. O homem ria. Os Ovesen não sabiam nada de Shakespeare. Apesar de letrados e inteligentes, tinham raciocínio melhor para números.

Os *trolleys* iam e vinham e as obras multiplicavam-se. Grande barulho de marretas e serração. Cabras do norte da Europa, cabras do norte do Brasil. Quando importava, eu alertava Congue-Huê. Um dos que lhe rendeu problemas foi um caboclo feio de nome Adãozim, plantador de índio morto em cova rasa. Esse Adãozim começou a espalhar roupas com bexiga nas trilhas dos kaingangs pra empestear aldeias inteiras. A floresta se vingou espalhando maleita e úlcera de Bauru entre os peões. Picada de bererê causava mais estrago que facão bugreiro. A úlcera, quando pegava bem, deixava o sujeito pior que morfético. Começava com ferida vermelha que ia se espalhando, crescendo e multiplicando, tomando boca, nariz e olho e deformando o sujeito todo. O tal Adãozim, cabeçudo e atarracado, que tinha barbinha rala e bafo podre, foi atacado pelos biriguis, depois de chacinar 28 kaingangs. O massacre foi retaliação pela morte dos companheiros do Montanari, aquele fatídico dia na roça do Coronel Abraão. Coronel Santos fez até artigo em jornal da capital denunciando a matança que os kaingangs haviam promovido. Sobre os 28 kaingangs, não teve tempo de escrever. Eram guerras de extermínio. Nove kaingangs mortos para cada homem branco. Outros dizem que a vida é justa. Injusta. Mas bicho-verme pegou Adãozim direito e começou a comer-lhe nariz sem provocar dor. Pensaram ser berne. Qual nada. Chamaram a benzedeira que curara um leproso. Mas úlcera de Bauru é faminta e comeu narisguela do Adãozim internamente, deixando o bicho ainda mais feio e brabo. "Isso é feitiço de kauã", dizia ele. "Não vai sobrar um desses curandeiros, quando eu tiver limpado esse sertão de bugre". Parecia uma caveira com aquela cara sem nariz. Era a própria besta-morte empunhando facão e 44. Essas histórias, contava-se a dentes cerrados. Madama Cartier e Dona Helena não gostavam de história de matança em casa. "Assusta as crianças". Manoel dos Santos dizia que muito se exagerava. "O matuto é um contador de causos. Só se deve acreditar nas verdades dos jornais". Lia Goulart era de mais fibra. Espantava nativos dando tiro de espingardinha. Na maioria, os últimos oti-xavantes famintos e kaingangs desgarrados e assustados.

Muito homem ruim vindo pras bandas de cá. Anos voavam e os padres não chegavam. "Terra sem fé e pouca muié, do jeito que o diabo qué", dizia-se. Alguns camaradas traziam esposas, mas a maioria não queria se meter no sertão; temiam maleita, úlcera e flechada, ou tinham medo de endoidecer como dona Helena. Com a vinda do progresso e dos homens para trabalhar na construção da estrada de ferro, logo chegaram também algumas mulheres da vida, que vinham seguindo a estrada de ferro. Onde há oportunidade, há oportunista.

Jaó já não piava tanto. Os pássaros estavam desaparecendo. Os camaradas tinham fome e as aves eram um prato diferente pra quem traçava paçoca de charque moqueado com farinha, diariamente. Na hora da boia, sentava-se em roda e contava-se causos. Quem tinha mulher ganhava almoço mais completo trazido do sítio pela companheira ou por moleque agregado. Eu levava o do Montanari sempre que podia. Madama Emma implicava tanto que ele dormisse na minha rede que resolvemos nos casar. Foi cerimônia simples, junto com outros casaisinhos pobres, na capelinha que Lia Goulart e Maria das Dores ergueram ao lado do Cruzeiro. Diziam que até o dia da festa, os capuchinhos chegariam, mas foi só boato.

Desde que o seu Abraão Rocha passou a querer ser chamado de Coronel eu perdi o prazer de morar com sua família. Já estava cansada de Madama Emma querendo controlar minha rede. A gota d'água foi a morte da outra agregada. Acho que foi maleita. Estava pra morrer, mas morrer não morria. Um dia chamou Madama Emma e falou.

– Sinhá, padeço. Não morro porque tenho fome esquisita.

– Segura na mão de Deus e vai, minha filha.

– Sinhá manda fazer um caldinho daquele galo de que mercê gosta tanto pra matar minha lombriga, antes que a lombriga me mate, por favor.

– Aquele galo é de raça ...

Madama Emma não atendeu. Agregada morreu e o galo sumiu da casa. Quando passaram a ouvir cocoricós no laranjal, onde enterraram a comadre, coração disse que era hora de mudar dali. Eu estava decidida a enterrar meu passado junto com aquela mulher.

Usei o dinheiro da botija enterrada para fazer uma linda casa na cidade. A vida foi se reconstruindo tijolo por tijolo. Longe do mato e dos bailes de fazenda, Montanari foi um bom companheiro. Alegre, adorava cantarolar tangos, cançonetas e tarantelas, enquanto ensaiava alguns passos de dança pelo piso de taco, outro luxo na nossa casinha. No barracão de madeira, que se escondia entre folhas de bananeiras e galhos de mangueiras no fundo do quintal, ele construía barcos, fazia linguiças e ensaiava gaita e sanfona. A carne de porco vinha da criação do Coronel Abraão. Da nossa terra, saíam pimentinhas dedo de moça e tomatinhos vermelhos, que Montanari adorava petiscar com azeite e alho. Sua horta incluía alecrim, orégano, abobrinha, berinjela, cebola, cebolinha, pimenta calabresa e manjericão roxo. Um pé de louro escorava o barracão de madeira. Para chás, tínhamos boldo, capim-cidreira, hortelã e erva-doce. Comer e cozinhar eram prazeres que cultivava com o tempero da paciência – sua especialidade era o nhoque com molho de tomate, salpicado por linguiça calabresa e manjericão fresco. Quando abria a massa, a casa toda se tornava branca graças às nuvens de farinha que tomavam a cozinha. Fora nadador na juventude, mas na maturidade, o único esporte que praticava era o carteado acompanhado de doses de aguardente. Eu não entendia como um homem alegre e falador como aquele tinha uns arroubos de melancolia e tristeza que o faziam viajar tanto no tempo. Morar com uma pessoa alegre e companheira, que participava das tarefas de casa, me inspirou a querer engravidar, mesmo que eu já estivesse velha para a coisa. Montanari dizia que era preciso reunir mais dinheiro, se estruturar, adaptar-se à casa nova. Queria me levar para Itália, quando a guerra acabasse. O problema é que não existia guerra nenhuma por lá naquele ano, guerra mesmo continuava é por aqui, contra os kaingangs, e no ritmo em que ia, infelizmente, a profecia do Congue-Huê se concretizaria logo. Apesar do amor, comecei a me preocupar com a cabeça do Montanari. Se dependesse dele nunca teríamos um filho. Congue-Huê avisou: destino humano é solidão.

Naqueles tempos de incerteza, finalmente, chegaram os padres.

MINHA CIDADE era pequena como minhas ambições: fileira de casas de barro às margens da ferrovia. Meu universo particular compunha-se do meu quintal e meus livros. Com a chegada de tantos homens derrubando árvores, queimando a mata e abrindo picadas pelas terras, o verde ia desaparecendo, deixando aquele rastro de terra vermelha. Mas os cheiros do capim molhado de orvalho, das flores de brejo, dos pés de coquinho amarelinhos quando maduros hão de me acompanhar até a morte, que espero não tarde pra chegar.

Santos mandou construir a primeira casa da cidade, antes da nossa ficar pronta, para os frades habitarem provisoriamente. Foi feita de tábuas trazidas de Bauru, com telhas da olaria do Coronel. Chegaram, pois, alienígenas em formato de homens de compridas barbas, batinas marrons e sandálias de couro. Tinham cabeças raspadas com cocoruto de cabelinho restante. Coronel Abraão foi beijar-lhes a mão, os Capa Negra seguiram-no em fila e Dona Lia até desmaiou achando que era São Francisco de Assis crescido, multiplicado e reencarnado.

DESAMPARO 139

Frei Marcelino Della Valle era o mais ancião, inspirava reverência – alto da barbeca branca. A seguir, Frei Aspreno de Abruzzo, com orelhinhas de abano e barba bifurcada nas pontas, e mais dois frades que faziam vezes de mula de carga. Como já havia se inaugurado a estação Miguel Calmon, há uns quinze quilômetros daqui, os frades vieram chacoalhando sua fé num trem de lastro da Estrada Noroeste do Brasil. Chegando lá, pegaram o *trolley* para Nosso Senhor dos Passos, que mais de trinta anos depois da doação de terras do Pinto Caldeira, iria se tornar Patrimônio. A viagem era interminável e quente. Calor, poeira, fagulhas e carvão. Inconvenientes, as fagulhas incomodavam, queimando as roupas e às vezes caindo nos olhos de algum mais bobo. Para tirar a danada, escarafunchava-se o glóbulo do cristão com lencinho de mão. O corpo estranho saía, mas o olho ficava congestionado por horas. Se futicasse era pior. Na parada, os capuchinhos convidaram o pessoal do povoado de Miguel Calmon e os camaradas da NOB para assistir à missa, que se realizaria na manhã seguinte. Pouca gente parecia se interessar pelos humildes irmãos, mas Frei Della Valle era milagreiro. Fazendo um sonzinho agudo que cantava pelo nariz, atraiu dezenas de jacutingas, pica-paus, gaviões, corujas e tovacas que fizeram poleiro dos seus braços abertos e ombros curvos. Pronto, São Francisco reencarnado, pois. A missa seria sucesso.

Naquela noite dormiriam na casa que Santos tinha preparado para eles. Acharam o ar balsâmico. Dona Helena, Madama Cartier e Lia Goulart disputavam para ver quem iria cozinhar para os homens santos. Na dúvida, cozinharam todas – triplo banquete. Fome não justificaria mais a magreza dos frades. Na mesma casinha de tábuas onde chegaram, comeram e dormiram, e foi lá mesmo que se rezou a primeira missa da cidade. O povo orou junto, mas pediu para o Frade Della Valle repetir o milagre dos pássaros. Dizem que pacu e dourado pulavam dos rios querendo subir no ombro do homem. No entardecer laranja, Della Valle, que não ficaria no patrimônio, tomou posse da sua cidade benzendo o Cruzeiro erguido por João Antonio. Os pássaros deixaram os ombros do Frade Della Valle e fizeram do Cruzeiro poleiro, cruz viva e alada. As múltiplas cores das plumas e os cantos complementares embelezavam o fim de tarde.

Calmaria. Estavam todos pioneiros vivos presentes na missa e na bênção. Lia e Hélder de terço na mão e nenhum fio branco na face. Ricardinho Castro, de terno preto, já parecia líder dos Capa Negra, com seu bigodão negro e orelhas de quem quer voar; acompanhado da esposa Maria das Dores, dos filhos e do sogro, João Antonio. O velho João Capa Negra estava de mãos dadas com a mãe Antonieva – que poucos enxergavam, mas seguia escutando tudo que se dizia no mundo dos vivos e dos mortos. Envelhecido, João emocionava-se em memórias do mano Noé Antonio Filho e dos irmãos Pinto Caldeira. Muito sangue correu para se levantar e benzer aquela cruz.

A família de coronel Abraão, acompanhada dos agregados, rezava respeitosamente ao lado dos Capa Negra. Madama Cartier cada vez mais devota. A barba bicolor do Coronel competia, em tamanho, com a dos capuchinhos. Em outro grupo, afastado um tanto, ficavam os novos colonizadores – os estrangeiros do Santos, como dizíamos;

Robert Mock Turtle, os irmãos Ovesen e Charles Saint-German. Trajavam ternos bem cortados, gravatas limpinhas, botas lustradas e chapéus de feltro. O anglo-canadense usava chapéu coco e o francês, cartola. Perto deles parecíamos miseravelmente pequenos, pobres e ingênuos. Acaipirávamo-nos. O inverso era verdade tratando-se dos bugreiros e camaradas. Vendo aqueles éramos semideuses: Mané Teixeira, Rabo Grosso, Ignacinho, Adãozim, Santo Aleixo... Muitos nortistas de peixeira afiada, todos de chapéus na mão, lenço no pescoço e cinto de couro apinhado de armas. Poucos usavam botas, a maioria apresentava-se descalça, com pés grossos e cascudos e unhas podres. Os mais elegantes de todos eram os Santos, que no final da missa exigiram foto exclusiva com os capuchinhos.

Com a despedida do santo Marcelino Della Valle, nosso vigário superior ficou sendo Frei Aspreno, que não operava milagres, mas era bom de negócios e política. Ele também ficaria de engenheiro-chefe e diretor da escolinha, que funcionava na casinha de madeira, separada do altar por uma cortina roxa. A escola nova mostrava-se menos cruel que o educandário do velho Zé Mestre – que curara seu amor espúrio por Maria Castro casando com uma viúva de 70 anos. Castigo para os alunos, agora, era passar o recreio de braços abertos, com uma pilha de chapéus na cabeça observando os coleguinhas se divertirem em folguedos e traquinagens. Perdiam-se as travessuras, mas não se apanhava de marmelo.

Quando o trem chegou na nossa terra, a natureza chorou uma chuva salgada que não deu trégua o dia todo. Foi difícil manter o prumo das roupas com aquele aguaceiro bravo. Isso foi um mês depois da primeira missa da cidade. Nosso Senhor dos Passos já tinha se oficializado como Patrimônio e o Coronel Santos estava batalhando para transformá-la em Vila e Distrito de Paz, com direito a cemitério oficial com coveiro e tudo. Eu achava engraçado que, para ser considerada cidade, um punhado de terra precisasse de tantos títulos, como se fosse um membro da nobreza.

Naquele tempo, Santos dizia que Nosso Senhor dos Passos já contava com cinquenta moradores na cidade e 2.500 espalhados pelos sítios. Apesar do chuvaréu, a inauguração da estação pintou-se bonita e animada. Cheiro de terra molhada me fazia bem. Coronel Santos tinha organizado uma banda de italianos para o patrimônio, chamada Banda Internacional, e ela era conduzida por Montanari. A banda tocou o Hino Nacional, depois o Hino da Independência, composto por Dom Pedro I, e finalmente o Hino da Bandeira, do poeta Olavo Bilac, ídolo de Santos. Houve missa inaugural e também fartura no almoço bancado pelos coronéis com leitoas, frangos e cabritos assados, acompanhados de garrafões de vinho e aguardente, servida com limão e açúcar.

A chuva deu uma trégua, quando Santos começou seu discurso que foi muito aplaudido pelo povaréu doido para forrar o bucho. O Coronel estava incomodado com algumas cartas enviadas para os jornais da capital que criticavam a morte de nativos na construção da estrada de ferro. Impacientava-o também a demora em tornar Nosso Senhor dos Passos município. Numa mistura de ideias da república e do império seu lema tornara-se "progresso ou morte". O que no caso dos kaingangs dava no mesmo.

PARECIA QUE as estrelas que cobriam o céu escuro das noites do sertão não gostavam das gentes que pra lá migravam. Quanto mais gente chegava, menos estrelas se viam no céu. Ao certo procuravam lugares com menos trem e mato queimando. Tamanhas mudanças provocavam melancolia. Eu andava dormindo mal. Remexia na cama, incomodando o roncar alheio. Pensava no pai. "Sossega, mulher". Não sossegava. Aquele dilúvio podia ter lavado a terra e deixado só Montanari e eu para repovoá-la. E o resto? Estátuas de sal. Nós dois, sozinhos, como foi nos tempos de Chico Prado. Joga-se a vida com os dados que o destino dá. Que fazer? Era Natal, aniversário do menino Jesus, e eu não conseguia alegrar. Nem por decreto deixei a Folia de Reis entrar em casa. Montanari sentiu falta de rabeca, flauta e tambor; e do Bico Doce fantasiado de Clóvis horrendo – barba e careta. Ele queria sair batendo de porta em porta pedindo café e pão com a folia. Não deixei. Amargava. Haveria Missa do Galo na casa dos frades. Rezava-se muito na cidade nascente.

Passei o dia estirada na cama, olhar fixo no teto, enquanto Montanari bebia e jogava baralho com o Santo

Aleixo – outro italiano bom de copo. Sonhadores. Queriam trazer para a cidade a lanterna mágica que exibia filmes. Eu queria um filho – cinema da vida humana. Existir solitário já não valia a pena – queria deixar de ser uma só, ao menos um instante, e multiplicar-me no milagre terreno da carne. Pensava no meu filho vindouro tão sozinho no mundo. Quem sabe somando nossas solidões a gente não conseguisse alguma companhia? Cansara de ver o tempo rolando feito dente-de-leão levado ao vento sem que a gente tomasse as rédeas da vida. Queria tê-las na mão.

Barulheira lá fora, Montanari breaco dançando com a porta. Serzinho miserável. Acendeu o lampião, encerrando o escuro agradável. "O cinema vai nos deixar ricos", balbuciava, perdigotos nos olhos. Paciência em mim era pouca. Quando perdia no jogo, estava de ressaca ou lembrava da chacina dos companheiros da NOB, só lamúrias. Vinha com bafo de álcool no cangote, comprava alheira na Loja do Sol e queria fritar de madrugada. Desaforo. Lampião espatifou-se nos tijolos do muro – ah, boa sensação no corpo – comecei a jogar na parede tudo que via pela frente. Não queria viver aquela mediocridade de sonhos assistindo a vida passar, como o tal filme de cinema. Ameacei voltar para o mato e ficar morando com os kaingangs. Vida começaria pra valer ou não?

Na manhã seguinte, quando acordei sozinha na cama, vi um bilhete ao meu lado. Montanari aceitava ter um filho. Alegria transbordou os poros – atropelou-me.

As regras atrasadas um tanto. Misto de felicidade e medo. Se esse vingar, se chamará Giovanni. O corpo me dizia que haveria de ser homem. Imaginava Montanari e o filho primogênito carpinteiros de barquinhos d'água doce. Isto seria algo para compensar a correria da cidade, que a cada dia apresentava uma novidade. Pedro e Christiano Ovesen traçavam as ruas do município, Doutor Fausto Cezario, bonito italiano de cavanhaque negro, trouxera a maçonaria. Tristeza foi a morte de Maria das Dores Capa Negra falecida no parto, lá em Rio Preto, amparada pelo médico pessoal do Doutor Waldemar. O corpo nunca voltou pra Nosso Senhor dos Passos. Jamais pensei que poderia morrer parindo. Botei a mão na barriguinha que crescia e pedi ao pequeno Giovanni que fosse bonzinho comigo e aguentasse firme.

Nosso Senhor dos Passos ainda era microscópica: duas mercearias, um açougue, algumas casas e uma pequena farmácia – fundada pelo Hélder Goulart. Houve, também, um circo itinerante. Neste circo eles não tinham elefantes, equilibristas, palhaços ou mágicos: apenas pequenas aberrações e uma câmara de pesadelos.

Imaginei que Montanari fosse se alegrar com minha gravidez, mas ele voltou a ficar estranho por um tempo. Falava nas atrocidades das quais o homem era capaz e dizia que tinha visto o que iria acontecer dali trinta anos. "O homem é o único erro de Deus", repetia. Me sentia sozinha, apesar de Giovanni no ventre. Ele quase não se mexia lá dentro. Eu passava muito tempo deitada, acompanhada pelos livros, estudando um pouco de italiano, que aprendia lendo a "Comédia". Tomava chá de Jatobá com salada de rosas toda madrugada. Mesmo em casa, era perseguida por pesadelos terríveis com morcegos, papai e o filho que levava na barriga. Também sonhava coisas vergonhosas, envolvendo pessoas com quem não deveria me deitar.

Ainda bem que a criança veio um pouco antes do esperado. Quando o bicho espirrou das minhas coxas, nas mãos da parteira, achei-o monstruoso. Enrugado, olhinhos vermelhos, cabeça cônica, unhas compridas. Penugem por todos cantos do corpo magro. "Vampirinho", pensei em segredo. Sangue e excreções tingiam o chão e as paredes – mas o cheiro da placenta era bom e acalmava.

Desesperado, Montanari bebia aos garrafões, enquanto eu sofria para amamentar Giovanni. Não se dormia mais na casa. A criaturinha não queria saber do meu leite, mas mordia os bicos do meu peito até que sangrassem. Mamilos rachados, eu o alimentava com frutas amassadas e lágrimas. Continuava achando-o a criaturinha mais feia do mundo. Lia, Dona Helena e Madama Cartier queriam conhecê-lo, mas eu dizia que havia nascido doente. O que não chegava a ser mentira. Doutor Fausto, o médico maçom que chegara na cidade, não sabia explicar o que acontecera. Um castigo, havia de ser um castigo – pecados eu tinha. Quem não? E ainda possuía histórico: Joaquim, meio lobisomem, Tristão, músico-surdo. Os homens em casa não vingavam regulares, aquele, então, era um teste de fé.

Giovanni nunca dormia de noite, mas passava o dia de olhos cerrados. Eu mantinha os janelões de madeira bem fechados para que ninguém o visse. Alguns vizinhos estranhavam os guinchos e grunhidos agudos madrugada adentro. Montanari arrancava os cabelos sem conseguir dormir, mordia as mãos, batia a cabeça na porta. Chegou a ficar vinte noites sem pregar os olhos.

Com os meses se passando, as fezes do bebê espalhavam-se pela casa e por todos os cantos havia restos de frutas. Quando Giovanni abria seus pequenos olhos vermelhos eu me horrorizava. Como era feio, meu Deus! E eu que dizia que a Maria Castro, filha de Ricardinho, tinha nascido tortinha, coitada. Maldita boca. Montanari lamentava-se ao chegar em casa e ver o estado das coisas. Eu abandonara todos os afazeres. Montanari tinha voltado a frequentar os bailes de fazenda. Falava que era necessário tocar na Banda Internacional e nas festas de final de semana para sustentar a casa. Enquanto ele tocava à noite, eu aguentava o choro de Giovanni. Pela manhã, quando Montanari chegava, todos dormíamos. E quando reclamava do rumo que a vida estava tomando, Montanari me culpava.

– Foi você quem inventou essa maldita história de ter filhos, Rita. Éramos tão felizes juntos. *Ma porca di quella miseria, no!* Você nunca pode estar satisfeita. Agora essa praga está sugando nossas energias e nossas economias. Ninguém mais dorme nesta casa, não se faz mais amor. Pra que botamos mais um miserável num mundo sem futuro? *Puttana del cazzo*, quero minha vida de volta!

Nunca estivéramos tão distantes. Numa manhã, enquanto Giovanni dormia, todo enrolado e invertido, pensei em sufocá-lo com o travesseiro. Que blasfêmia, era meu filho! Amava-o, apesar de tudo. É possível uma mãe não amar sua cria? Até as cadelas o fazem. Ah, aquelas unhas longas, aquelas costas peludas, aquela carinha feia.

Maria Justina, minha irmã mais velha, acostumada com as bisonhices dos homens da família, foi a única que deixei que viesse me ajudar. Era noite e a casa não dormia. O menino estava no peito e eu não conseguia parar a enxurrada que me escapava dos olhos e lhe lavava o corpinho diminuto. Maria Justina levantou da cama de couro em que dormia, quando ouviu meu choro:

– É uma alegria incontrolável, mana?

-Não é alegria, é dor, Justina, uma dor que vem do fundo da alma. Acho que eu morri quando este menino nasceu. O que sobrou foi isso: Bagaço de corpo. Estrupício.

Até então, não havíamos batizado Giovanni. Eu tinha medo do povo da roça. Basta a história correr um pouquinho e já me julgariam bruxa. Justina tentava me convencer a chamar o Frei Aspreno para me benzer e fazer o batismo em casa. Pedi que ela ficasse com a criaturinha, enquanto eu ia fazer compras em Rio Preto para descansar a cabeça e pensar sobre o batismo. Ela concordou. Não ia trabalhar neste dia, coitada, estava lavando roupa pra fora, lá pros lados de José Bonifácio.

Um dia nossa família tivera tanto e agora cada uma se virava com a miséria que herdara. Meus irmãos ainda haviam convivido com o pai deles. E eu, que ria do meu quando os Capa Negra troçavam dele? "Africano", diziam. "Atrevido", ralhavam. João Capa Negra comendo mamãe, viúva, com os olhos. E eu que perdi terras, pai, e agora perdia também a vida? Afundava na dor. Justina me transportava pro real: "Se Giovanni morre pagão, imagina? Passa a eternidade no limbo sem nunca ir pro céu. O menino é normal, mana, presentinho de Deus. Depois de maiorzinho vai ficar bonito, você vai ver". Sua simplicidade comovia. Prometi acertar tudo quando voltasse da viagem. Precisava esvaziar os pensamentos. Lembrei dos meus estudos de italiano *"Non avean penne, ma di vispis-trello era loro modo"*.

Achei Rio Preto uma beleza, a cidade estava bem de-senvolvida e tinha ótimos panos com os quais eu comple-taria o enxoval do meu filho. Andei pela cidade o dia todo. Quando voltei já era noite.

Cheguei em casa desolada. O pequeno ninho estava va-zio. Maria Justina também não estava. Uma lacuna abriu-se imediatamente em minha alma. Achei que Montana-ri havia feito uma loucura. Onde estava Giovanni? Onde estava meu filho?

— Rita, me perdoe, mas dispensei sua irmã, ela estava enchendo a minha cabeça com aquela história de batizado. Disse pra ela ir embora que eu cuidaria do menino. Acabei cochilando. Quando despertei vi a janela aberta ao lado do bercinho. Nosso filho fugiu...

— Como assim, nosso filho fugiu?!

— Fugiu. Voando!

— Voando, Montanari? Um bebê, voando? Você endoi-dou de vez, homem? O que você fez?

— Eu juro por Deus, Rita, eu juro que não fiz nada. Foi... Foi... *Un miracolo*! Um milagre!

Vesti preto, desde então, e passei a reparar nas copas das árvores frutíferas onde se reúnem os morcegos. Eu e Mon-tanari nunca mais tocamos no assunto, nem comentamos aquilo com ninguém. Nessa época, começaram a aparecer as primeiras manchinhas brancas na sua pele, sempre que Montanari tomava sol. A tristeza desbotava-o.

QUANDO VI o cortejo em direção ao cemitério pensei: "Morreu o primeiro cidadão desta cidade! ". Durante toda aquela semana choveu apenas sobre a minha casa, o que os moradores consideraram uma benção, pois fazia muito calor e o tempo estava seco. Terra febril. No sonho que se repetia, uma canoa me levava de volta pra casa. Quando o aguaceiro exclusivo parou de cair, saí do luto mais profundo e pus o pé na rua. Ninguém sentiu falta de Giovanni, o bebê que nunca viram. Desde que Nosso Senhor dos Passos começara a se transformar em cidade, ninguém morrera ali. Agora havia um cortejo em direção ao cemitério levando um caixãozinho de madeira barata. Uma criança! Pensei na hora no Giovanni e fui correndo perguntar ao Doutor Fausto quem tinha morrido.

– Doutor Fausto, foi anjinho que faleceu?

– Que anjinho que nada, dona Rita, foi a perna de um camarada da NOB.

– A perna? Eita, e desde quando perna morre e tem enterro cristão?

– Pois é, o camarada pegou formigueiro.

– Formigueiro?

DESAMPARO 151

– Doença braba. Fez a perna purgar, inchar e feder... Começa a minar um líquido morfético de lá, um amarelão pútrido que onde cai não nasce nem planta.

– Credo! Mas não tinha outro remédio, gente?

– Passamos uns tempos tentando de tudo, Dona Rita. A benzedeira veio, falou aquele *Sana que sana culito de rana, si no sana hoy, sanará mañana* que ela sempre fala, mas nada. Quando deu fé tava mais podre que almoço de urubu. Aí decidimos que tinha que amputar. Mas ninguém sabia o que fazer com o cotoco, então decidiram enterrar.

– No cemitério virgem, que ainda não tem nem morto gente, vai ter só uma perna?

– O subdelegado Ignacinho que mandou, Dona Rita.

– E vai ter uma cova só pra botaram um pedaço de perna cabeluda?

– Pois o Frei Aspreno mandou enterrar no terreiro do Cruzeiro, que o João Antonio tinha levantado na entrada do cemitério. O frei disse que era tradição das antigas igrejas fazer a primeira cova no adro. Em resumo, Dona Rita, inauguraram o cemitério que nem tudo no Brasil, meio mais ou menos, nas coxas, digo, na perna, sabe como é?

– Entendi, gente, mas qual foi o camarada que perdeu a perna?

– Isso eu não sei.

Montanari já tinha saído de casa àquela hora. Devia estar bebendo pra esquecer o filho bestial. As manchas brancas em sua pele tinham tomado todas as pontas dos seus dedos. Eram irregulares como seu humor. Se Montanari tomava sol, as manchas ficavam rosas e queimavam; fumegantes. Quando cheguei perto do cortejo da perna, vi um homem atarracado, mancando, apoiado numa vara; temi ser um baiano trabalhador, mas era o Adãozim quem tinha ficado perneta. Bem feito! Quem mandou sair fazendo maldade com kaingang? Todos esses eiros: bugreiros, estrangeiros e pioneiros tinham meu ódio. Em meu desejo executava-se vingança.

O coveiro já estava esperando a chegada da canela morta para iniciar seu primeiro trabalho naquela cidade. Agora os velórios não eram mais feitos pelas estradas de terra. A gente velava os cadáveres na capela-escola dos capuchinhos e, ainda assim, seria por pouco tempo, porque eles já tinham começado a construir a igreja de verdade, graças ao frade engenheiro Frei Aspreno.

Chegando ao enterro da perna me admirei que tinha gente chorando pelo membro falecido do Adãozim. Louquinha Maria Pipoca pedindo esmola, e até uma carpideira recebendo pelo luto. Fiz questão de olhar para o desgraçado do Adãozim, cada vez mais desfigurado, com aquela fuça encarunchada pela Úlcera de Bauru e que, agora, ziguezagueava manquitola pela cidade. Matar kaingang não poderia mais ser seu ganha-pão.

Apesar do enterro do cotoco de perna do Adãozim, estavam todos empolgados, celebrando a última novidade de Manoel Antero dos Santos. Enquanto se bandeara para os lados da capital, para internar a mulher e o filho no hospício do Juqueri, o Coronel havia conseguido mais uma vitória para Nosso Senhor dos Passos, ou melhor, Santa Cruz do Avanhandava, novo nome que dera para o município. Agora, Santa Cruz havia passado ao status de vila e Distrito de Paz, restava um passo, apenas, para ser cidade.

DESAMPARO 153

"Santa Cruz do Avanhandava?!" Nomezinho cruz credo, hein? Povinho dizia que ideia original era Santos do Avanhandava, auto-homenagem do nosso Coronel Manoel Antero dos Santos. Quem gostou de Santa Cruz, batizou-se: Cruzados. Quem não gostou, chamou-se Patriarcas. Nos cavalinhos magros esporeavam nervosos João Antonio, Ricardinho Capa Negra e Coronel Abraão. Meu riso morreu quando vi seu João. O dele iluminou-se:

– Rita Telma! Suba aqui no pangarezinho, minha filha. Você é herdeira da velha Maria Chica, metade das terras dessa cidade eram da sua mãe... O Santos vai ter que te ouvir! A tradição ainda conta alguma coisa nesse sertão. Ou não?

Minha filha nada, homem frouxo, que minha mãe nunca que quis se deitar contigo. Se eu fosse forte e ouvisse meu pai... Se eu fosse homem resolvia ali mesmo: tiros na fuça. Desse e dos outros. Cruzados e Patriarcas passados a fogo. Mas eu era? Era nada. Nem com Montanari podia contar. Pediu pra montar, montei. Galopamos: suor de cavalo, suor de homem que eu não gosto... Suores. A casarona se deitava abaixo da estação ferroviária. Berço esplêndido era fazendona chamada Santa Helena, homenagem hipócrita do Manoel dos Santos a sua enlouquecida esposa. Seria mesmo doida? Alaridos diziam outras coisas. Dona Antonieva andava sumida. Ela ouviria direito. Que sussurravam? O Santos metido com outra inventou a doideira da esposa pra trancafiar num hospício. Homem presta? Não presta. Jesus me livre e guarde.

– E pensar que recebemos esse Coronel nas nossas casinhas de pau-a-pique sem pompa alguma, né, compadre Abraão?

– Pois é, seu João, quando deu fé, o homenzinho já estava rico, com metade das nossas terras, cheio de amigo gringo e eu, lá, criando porco magro no mato.

– Nos dias de hoje, compadre, até perna de camarada dele tem tratamento melhor que os pioneiros legítimos, que abriram essas picadas mundaréu adentro.

– Enterro de perna é até sacrilégio. Como é que os capuchinhos concordaram com uma presepada dessas?

– Só por Deus...

– Ou pelo maligno.

Cheiro azedo, de cebolas com cominho, anunciava que era o Ignacinho de guarda na mansão do Coronel. O fedegoso capanga pasmava com repetidora traçada nas costas – arma que fazia as velhas pica-paus dos pioneiros parecerem os guarantãs dos kaingangs.

– Dá licença pra chegá?- disse o João Antonio, acostumado com os tempos antigos.

– Seu Jão? Claro, tão na paz, né?

– É...

– Pode chegá!

Na fila dos Patriarcas eu me bandeava por último, comendo com a íris tudo que o casarão servia ao olhar: jardim colorido de azul Bela Raquel e rosa Resedá, fartura de quartos pelos compridos corredores, água encanada, uma das últimas exigências da Dona Helena, servindo os cômodos. Os Santos sabiam o que era bom. Ao lado da casa podia-se avistar o parque com aves, plantas e alguns

DESAMPARO 155

animais. Os barulhos e cores eram de faisões, aves liras, araras, marrecos, papagaios e umas pombonas grandes e cinzas vindas da Austrália. "Bichinhos miseráveis", catarreou Ignacinho. Homem ruim, malcheiroso e sem modos. Devia matar barato, pro Santos aturar tanto. Ou era o fato de não dar com a língua nos dentes. Falava-se muito, em Santa Cruz, sobre um zoológico subterrâneo onde criavam hipopótamos, rinocerontes, onças, flamingos, canibais e até Mapinguari. Na hora da missa, Coronel Manoel dos Santos organizaria rinhas com essas bestas, como se fossem galinhos de briga. Mas o que eu vi foi só o aviário, com algumas lebres e veados soltos no gramadão. Só.

Na larga sala de visitas, demos de cara com Santos e seus gringos, Charles Saint-German e Robert Mock Turtle, no quente da prosa. Talagavam líquido de gosto amargo e cheiro perfumado que descia mole pela garganta, mas se dizia mais cruel que cachaça.

– João? Abraão! Ricardinho… Caríssimos companheiros, a que devo a honra de receber a visita destes bandeirantes do século xx?

– Olha, Santos, viemos foi reclamar do batismo apócrifo da nossa cidadinha, viu?

Mana Esmeralda, que estava trabalhando como criada do Santos, encheu um copo pra cada homem com o tal gim inglês e me trouxe uma laranjada. Coronel Santos estava elegante, de gravata borboleta e terninho bem cortado. Sorrindo, explicou ao Coronel Abraão que o nome antigo da cidade era muito caipira e não tinha dado sorte. A ideia era modernizar todas as nomenclaturas da região; em breve as cidades vizinhas também seriam rebatizadas. E o Salto do Avanhandava era a principal marca do Noroeste, e ainda tinha um nome que lembraria os primeiros moradores daquelas terras. Com "Santa Cruz do Avanhandava" aliava-se a tradição indígena com a fé dos capuchinhos, lembrando o segundo nome dado ao Brasil – Terra de Santa Cruz.

Mock Turtle e Saint-German aplaudiram a explanação empolada, Abraão não apreciou a ladainha e os Capa Negra degustaram menos ainda. Não morreram todos aqueles amigos e parentes em nome do sonho de Nosso Senhor dos Passos? Que história era aquela de Avanhandava? Homenagem aos kaingangs que trucidaram os pioneiros? Era melhor chamar a cidade de "Terras de Maria Chica", como o povaréu apelidara.

– Mas botar nome de mulher em cidade, João?

– Pelo menos era uma das nossas... Ou, então, vamos ter que pensar em uma terceira opção. Sem dialeto de bugre no meio.

– Santa Cruz do Desamparo?

– Ta aí. Só com um nome desses pra Deus enxergar a gente.

Esmeralda interrompeu a conversa para anunciar que o almoço estava pronto. Comemos lombo fatiado com pirê de batata inglesa, acompanhado de suco de pitanga, que Charles e Robert adoravam. De sobremesa, amenidades e saudades dos tempos idos. Saímos de lá estufados de palavrório, mas sem nada de prático nas mãos. Os Capa Negra mais seu Abraão sentiam-se traídos.

– Esse Coronel Santos é perjuro.

– O carioca é traíra mesmo.

– Um Judas de bolso!

– Olha só, o Santos usou o nome Nosso Senhor dos Passos...

– Pelo qual morreram o saudoso Noé Antonio Filho...

– Mais os Pinto Caldeiras...

– Como argumento para nos convencer a doar terras aos capuchinhos.

– E agora vem com essa palhaçada?

– Temos que falar com os frades sobre essa maracutaia braba.

Os três sentiam que agora que já tinha conseguido suas terras, Santos só queria saber do dinheiro dos gringos e se lixava para os pioneiros. Nem com os capuchinhos o Coronel andava se acertando. Reclamava que os religiosos faziam pouco da questão indígena e muito pelos seus próprios negócios. Andavam loteando pedaços de suas terras para novos moradores. E Frei Aspreno estava demarcando e medindo fazendas, concorrendo com os trabalhos dos irmãos Ovesen. Coronel Abraão, o velho João Antonio e Ricardinho Capa Negra ficaram do lado dos capuchinhos e começaram a se desgostar do Santos. Ainda mais porque ele se declarava, aos quatro cantos do sertão, como fundador de Santa Cruz.

– Quando o maldito chegou aqui, a gente estava nessas bandas fazia mais de sessenta anos – resmungou por entre os dentes o João Capa Negra. – Ah, Abraão, se você tivesse me ouvido, teria deixado aqueles matadores terem dado cabo do homem e nada disso teria acontecido.

– Olha, João, às veiz a gente vai com carma e outras c'as arma. Carma, homem, carma!

LARANJA RASGOU o azul e Montanari despertou menos sorumbático. Daí deu pra me chamar pra namorar o Salto. Ora, corria tempo que eu não namorava Salto, nem mesmo Montanari. O corpo pediu: "Vai!". Fui. Pegamos o *trolley* novo que Coronel Santos empreendera em outra sociedade com o Coronel Waldemar, mais os gringos. Tinha charrete puxada por boi indo pro Salto e pra Rio Preto. Ríamos como há muito não nos pegávamos em rir. O branco dos dedinhos manchados dele nas minhas mãos morenas. "A felicidade é possível", permiti-me pensar. Depois, arrependi. Não dá pra ficar se fazendo de muito feliz. Amanhã a vida bate. Mas no hoje era. Fazer o quê? Só torcer pro amanhã demorar.

Na matulinha nossa iam broas, vinho italiano, queijo fresco, azeitonas portuguesas e as conservas mágicas do Montanari. Nasciam da horta de casa, especialmente das abobrinhas, berinjelas e pimentões. Dançar com o fogão tinha se tornado a oração do homem, sua forma de superar o caso triste do Giovanni e sua conexão com qualquer paz possível. Montanari não chegava a ser ruim, colecionava pequenos prazeres, mas muito instável. Ultimamente, Montanari emborcava vinho fora da conta – preocupava. Não chegava aos modos da violência, mas bandeava completamente de personalidade quanto estava alcoolizado: se punha controlador. Suas palavras faziam-se navalhas. Por isso a esperança naquele convite: pouquinho de carinho seria medicinal pro nosso casamento carregado de cicatrizes.

Passamos pela serraria dos portugueses, que tinham vindo pro Noroeste derrubar árvores e fazer dormentes pra ferrovia. Vimos a igreja que Frei Aspreno estava erguendo, o coreto quase pronto e a cadeia simples que se erguia com duas celas e uma sala pro Ignacinho. Montanari cumprimentou o Santo Aleixo e gritou que naquela tarde não poderiam beber juntos. O cocheiro chicoteou os cavalos e a carruagem seguiu viagem até o Salto abraçar o horizonte.

Cachoeiras sem fim. O barulho das águas em véu primeiro impressionava e depois acalmava. Eram 32 léguas de acidente geográfico, formado por sete ribeirões e dez córregos. Tesouros como aquele aposto que não se encontravam em qualquer lugar do mundo – lindeza acumulada em forma de quedas d'água. *"Il più bella!"*, dizia Montanari lambendo os beiços lustrosos do azeite das conservas. O corpo malhado de branco papel e branco natural não fizera do Montanari menos bonito, mas exigia alguns cuidados para que sua pele não queimasse tanto. Por isso, não saía de casa sem chapéu. O vinho me fazia alegrinha, mas era muito mais suave que a pinga que a gente costumava emborcar antes da italianada aparecer.

Calorzinho bom percorreu meu corpo, quando peguei sua mão. Deitamos na relva e estendemos nossa toalhinha desfazendo a matula em uma miríade de guloseimas. Seus dedos finos de pontas esbranquiçadas brincavam nas minhas costelas. Fiquei com vergonha. "Depois a gente acha um lugarzinho só nosso, Montanari..."

De vara na mão e anzol predatório no rio, se encontravam dois homens morenos. Um era o Fausto, o outro, de rosto quadrado e bigode aparado, vinha de Jaboticabal. Conhecia Mock Turtle e havia comprado dele algumas terras legítimas que pertenceram ao Santos e, antes dele, aos Capa Negra da Água Limpa. Chamava-se Orôncio, e era metido em política. Aceitaram provar nossas conservas com o pão caseiro. Alegraram-se. "Isso não é prenda, é lucro. Vendam!". Orôncio, cabeçote farto, tinha ambição pra poeta. Boca-cheia não o impediu de seguir na prosa, que espantava os peixes.

— Eu falei pro Santos: Meu filho, eleição se decide é na contagem dos votos.

— É...

— Lá em Jabotical as atas das eleições dormiam em casa, lembra?

— Esse rio só tem lambarizinho, hein? E sua prosa não colabora, Orôncio. *Cazzo*, arreda pra lá um pouco. Aquelas terras de vocês em Jabotical são bananeira que já deu cacho, não?

— É... Tudo terra velha, meu filho, está na hora de derrubar mato de novo.

Orôncio desistiu dos peixes e foi riscar umas modinhas no violão. Outro casal namorava lá, na grama: Ricardinho

DESAMPARO 161

Capa Negra e a Mariazinha – a Bela. Esmagavam com os corpos quentes florezinhas de mato amarelinhas e formigas trabalhadeiras. O viúvo risonho tinha sumido desde que se enroscara com aquela mulher alta, que ficara na cidade fugida do circo. Era bonitona e forte, mas parecia conhecida – velha memória de infância. Os dois estavam mais afastados, sentados perto de umas árvores, meio escondidinhos. Só os percebi pela gargalhada estridente do Ricardinho, facilmente reconhecível em qualquer canto da Terra. Quando o céu azul começou a alaranjar, tivemos que recolher nossas coisas correndo para apanhar o último *trolley*. Seria aquele sol vermelho ou rosa? Orôncio e Fausto foram embora de automóvel, animados com a pescaria, falando alto e rindo muito.

– Lembra que você esteve nesse Salto em 1906, Fausto?

– Pois é, Orôncio, naquela época Desamparo era tudo mato.

– Muito bugre, doutor?

– Até hoje, né, Orôncio? Os Coroados são uma tribo feroz.

– Lembro que lá em casa todo mundo ficou te chamando de Colombo.

– É verdade, fui dos primeiros a descobrir essas terras virgens. Passamos uma semana caçando e pescando por aqui.

Cada homem que chegava pr'essas bandas gabava-se por ser o próprio Pedro Alvares Cabral. Não sei por que os homens têm essa mania de querer ser sempre o primeiro, em tudo. Ilusões. Segurei forte a mão do Montanari, enquanto o balanço do *trolley* me ninava modorrento. Escurecia, já era hora das estrelas e dos morcegos. Foi aí que o cocheiro parou a carruagem meio assustado. Chacoalhamos. "*Ma che cazzo?*", estourou o Montanari. Era um homem na estrada, pedindo carona. Muito bonito, cavanhaque preto aparado, palheta na cabeça, burca azul nos olhos e gravatinha borboleta. Não era alto, mas impressionava.

– Cabe mais um?

Nos apertamos um pouco e coube. Sujeito caladão, cumprimentou o Montanari, virou pra estrada e esperou meu italiano dormir, enquanto eu contava estrelinhas. Daí em diante, não tirava os olhos dos meus olhos, nem o sorriso do meu rosto. Tinha todos os dentes igual ao Procópio, sorriso bonito mesmo, que eu não conseguia parar de olhar.

– Sou o Leonam, seu criado. – Sussurrou.

– Rita Telma. Mas pode me chamar só de Rita mesmo, porque esse segundo nome é um fardo que minha mãe inventou pr'eu carregar.

– Encantado, Rita. Você é muito graciosa. Lembra sua mãe.

– Você conheceu Maria Chica?

– Ando por essas bandas há tempos.

– Nunca tinha te visto por aqui.

– Às vezes a gente tem a hora certa pra descobrir os outros.

– Você não mora na cidade?

– Moro.

_ Eita...

– Mas saio pouco de dia. Gosto mais da noite.

– Boêmio.

– Pode-se dizer que sim...

E ficou imitando o Montanari babando bebunzim. Eu não devia, mas ria. Ria envergonhada, mas alegre. Naquela noite me deitei com o Montanari pensando no tal Leonam. Fechava os olhos e via aquelas burcas azulzinhas, o cavanhaque bem preto, o sotaque esquisito de não sei onde. Vi estrelinhas de olhos fechados. Foi como se tivesse emborcado mais vinho do que toda aquela tarde. Dormi feliz.

Manhã seguinte e cadê o Montanari? Nada! Puxei a bacia debaixo da cama e enchi com o balde de água que esquentei no fogão. Saudades dos banhos de rio; estava precisando escarafunchar o mato até encontrar minha verdade. Eu ainda tinha mantido um pedacinho de terra do fazendão da mamãe sem vender. Era uma chacrinha simples, mas servia para matar as saudades do matão. O banho foi bonzinho até. Só saí da bacia grande porque ouvi um rimbombar de metais e batuques. Era a Banda Internacional do Montanari. Botei um vestido de chita bem bonito, pensando que se tinha banda, devia ter festa. E se tivesse festa, quem sabe o Leonam não aparecia para me olhar com aquela fome?

– Que festança é essa, Doutor Fausto?

– Inauguração da cadeia, dona Rita.

– Já?

O Santo Aleixo devia estar feliz da vida. Em frente da cadeia estavam o Coronel Manoel, o Subdelegado Ignacinho, a banda do Montanari e o Aleixo com mais alguns camaradas que tinham subido o predinho de três cômodos. Era a primeira cadeia pública da região. Frei Aspreno chegou pra benzer a prisão. Padreco sem graça, não fazia milagre, só política. Chegou acompanhado do Coronel Abraão, que não gostava dessa coisa de cadeia. Os Patriarcas eram acostumados a resolver seus problemas sozinhos.

Coronel Santos fez questão de pedir uma salva de aplausos para o Santo Aleixo. O povo aplaudiu. Aí o Santos mandou buscarem um barril de vinho na Loja do Sol e deu de presente pro italiano. O povo dispersou. Ficaram o Christiano Ovesen, o Montanari, o Santo Aleixo e o seu Ricardinho Capa Negra, rindo. Deu um tempinho, Mariazinha, a Bela, puxou Ricardinho pelas orelhas com aquela mãozona dela. Passou mais um tempinho e a Karen Hamsun veio chamar o Ovesen falando brava, mas, baixinho. Montanari ficou. Eu ia puxar homem pela orelha? Eu não! Fui para casa pensar no Leonam, que não apareceu. Disseram que o Santo Aleixo e o Montanari aprontaram de tudo um pouco. Mandaram um telegrama pro Doutor Fausto dizendo que tinha uma encomenda pra ele na rodoviária. Encheram uma caixa de pedras e deixaram lá. O coitado quase morreu pra carregar aquela caixa inútil. Depois, seguiram-se traquinagens: roubaram rosa na casa do Coronel Santos e jogaram pra dona Mariazinha, a Bela, fizeram serenata para as mulheres de vida duvidosa no final da rua Avanhandava, pediram para Frei Aspreno exorcizar o Cruzeiro, onde tinham enterrado a perna do Adãozim porque disseram que a perna estava vagando, feito alma penada, sozinha pela madrugada. Ainda ensinaram os japoneses que tinham acabado de chegar na cidade a rezar o padre nosso cheio de palavrões em português. Quando deu a madrugada, Montanari voltou pra casa, e de tão bêbado, dormiu na soleira da porta. Santo Aleixo quis continuar bebendo e cantando na frente da delegacia. O delegado Ignacinho, que estava ansioso pra inaugurar a prisão, prendeu o pedreiro em uma das celas e foi dormir em casa. No dia seguinte, Santa Cruz do Desamparo tinha seu primeiro prisioneiro oficial: o homem que construíra a cadeia. Passaram-se dois dias e Coronel Santos ficou sabendo do ocorrido. Com pena do Santo Aleixo, mandou Ignacinho soltá-lo.

Aleixo, agradecido, foi tomar um copo de vinho para comemorar a liberdade. Brindou ao Coronel.

No momento em que os kaingangs alcançaram o agrimensor Christiano Ovesen, um filme mudo passou rapidamente por sua cabeça antes que ela fosse arrancada do resto do corpo por um hábil golpe de facão.

Santo Aleixo e um camarada conversavam animados, enquanto descansavam comendo a matula que levaram para a marcação das terras. Adãozim manquitolava com a perninha de pau e a carica desfigurada, quietão, jogava os punhados de farinha com carne seca goela adentro, sem participar muito da risadaria. O quarto camarada era o Pêlo-Duro, um gaúcho de bombacha e lenço no pescoço que havia matado muito kaingang no sul, não usava chapéu e tinha rosto de mulher. Enquanto os camaradas terminavam as matulas, ele acendia um fogo pra fazer seu chimarrão.

– Estou com uns ventos aqui dentro. – falou, batendo na pança, Adãozim.- Vou aliviar as tripas.

– Que homem nojento. Vade retro fucinho de porco!

– E, aí, seu Christiano, como vão as coisas com os patrões?

– Ué, Pêlo-Duro, tudo na mesma: eles laçam terra e a gente demarca.

– Mas dizem que o Santos tá brabo com os padres, é verdade?

– Olha, eu acho que o Santos esperava que os capuchinhos fossem pacificar os índios, pregar os evangelhos, dar uma trégua pra construção da ferrovia.

– Bah, patrão, o que pacifica bugre é bala na fuça.

– Não é mais assim, Pêlo-Duro, hoje as coisas estão mudando. O governo está do lado dos selvagens. Criaram até um Serviço de Proteção ao Índio. Não dá mais pra sair matando esses animais.

– Misericórdia, um homem não pode fazer mais nada? Não pode mais se proteger, proteger a família, não pode mais falar o que quer. Esse mundo tá muito chato, tchê.

– Pode ser, Pêlo-Duro, mas o resumo da história é que o Santos está decepcionado com os frades.

– Ele não é muito de reza, né?

– Não, é não.

– Esse homem tem pacto é com o Tinhoso.

– Pare de bobagem. O Santos é um homem bom e instruído. Esses homem inteligentes não são muito apegados com Deus, não. Mas é um homem de bem. Quem foi que construiu a cadeia na cidade?

– O Santos.

– E os banheiros públicos?

– O Santos.

– E o hospital pra atender todos camaradas da NOB que a maleita derruba?

– O Santos, também.

– Coreto?

– Santos.

– Estação de trem?

– Santos.

– Cemitério?

– Santos, Santos, Santos... Santo saco, Ovesen, já entendi, diacho. O homem não reza, mas faz.

– Então, vamos deixar o Santos de lado. E esse padres, também, só querem saber do comércio.

– Tão vendendo umas terrinhas, né?

– Aquele Frei Aspreno anda fazendo até nosso trabalho, medindo fazenda e dividindo terreno. Mudando de assunto, quer saber de uma boa?

– Qual foi, seu Ovesen?

– Mariazinha, a Bela, é metade homem, metade mulher, sabia?

– A guria mais linda da cidade?

– O que se conta é que teve um tal Mariozinho Castro, que sempre brincava com as crianças nos tempos de antes do massacre dos onze. Naquela época, lugar de banho de criança era no rio. As nossas mães lavando roupa e a gente se divertindo. Só tinha que tomar cuidado quando o arco--íris aparecia no céu e terminava no riacho. Se passasse por baixo do arco-íris, a pessoa trocava de sexo. Lembro que o Mariozinho viu o arco-íris e foi correndo pra lá, batendo as mãos na água. Depois disso foi ficando diferente. Fugiu com o bando do Dioguinho e voltou com o Circo como Mariazinha, a Bela.

– Será verdade?

– Só digo o que me disseram. Dizem que era homem quando criança, e depois de grande virou mulher. Aí, no circo, virou artista, ficou mais bonita.

DESAMPARO 169

Os quatro estavam na boca da cisterna. Adãozim vinha na direção deles, manquitolando contra o sol, bem quando Pêlo-Duro tirava água do poço e passava a cuia para o Christiano. Bem-te-vis e sabiás piavam e uma borboleta preta rodopiava perto do grupo. À distância, o pessoal brincava com Adãozim e imitava o seu jeito de andar – gargalhando. O sol estava forte e o céu bem limpo e anil, o que aumentava a sede do quarteto. Os risos pararam quando viram que Adãozim começou a correr desesperado, mancando com a perneta de madeira, na direção contrária, onde havia um barracão, perto dos trilhos do trem. Ovesen ia gritar algo para o camarada, mas não teve tempo. Uma flecha de ponta de metal cravou em suas nádegas, fazendo a palavra morrer em sua garganta, num engasgo. Zapt! Outra flecha saída do mato alojou-se na coxa forte do Adãozim, fazendo a pele bege do homem ficar clara. Pêlo-Duro sacou a garrucha e a faca, olhando para todos os lados com seus olhos levemente puxados. "Bugre!", falou com os dentes cerrados. Adãozim se benzeu. A tensão se rompeu numa chuva de setas de múltiplos tamanhos que partiu da mata e se uniu aos gritos enfurecidos dos kaingangs, que ecoavam pelo sertão.

– Corre, moçada! É índio!

A nuvem cortante chovia morte por todos os cantos e logo calou um cão que acompanhava os camaradas. Outra flecha atravessou a mão de Christiano que foi tentar arrancá-la, na carreira, mas acabou quebrando-a no meio. Dor aguda. O desespero era geral. Todos correndo em direção ao barracão, onde Adãozim se escondia e passava a abrir fogo contra os kaingangs liderados por Iacrí e Procópio.

Quando estava quase chegando na porta, Ovesen percebeu que ia morrer. Foi aí que passou a relembrar da neve de sua Dinamarca. Um enxame de dezenas de setas rasgou-lhe a carne das costas, atravessando seu pulmão, seus braços e suas orelhas. Caiu de costas, com as pernas para fora do barracão e as setas espetadas no corpo todo, dando-lhe o aspecto de um porco-espinho. Tiros de carabina e revólver retardavam o avanço de Iacrí e Procópio, que estavam enfurecidos. "É nossa sentença de morte", gritava Procópio. "Será uma morte honrosa", resignava-se Iacrí.

Estavam velhos e cansados; mas tinham sobrevivido a muito mais coisas do que todos seus amigos, parentes e irmãos. Escaparam da escravidão, da varíola, do estupro e da tortura. Tinham a sorte de estarem ali, no final da primeira década do século xx, colocando quatro "brancos" pra correr com flechadas nas entranhas e golpes de guarantã a procurarem seus corpos. Ovesen, moribundo, lembrava das Cruzadas do Norte. Adãozim estava ao lado de seu corpo atirando com a carabina que já ficava sem munição. Ao lado dele, um camarada disparava a última bala do revólver quando um tiro de garrucha atravessou-lhe o olho esquerdo. Era a velha arma de Procópio. O sangue espirrou no rosto de Santa Aleixo. "Vamos morrer", desesperava-se, desarmado, e abraçado sobre as próprias pernas. "Eu vim aqui pra abrir mato, não pra morrer ou matar. Sou cristão..." "Morra lutando, carcamano!", gritava-lhe Pêlo-Duro que descarregava dois revólveres em direção à mata, um em cada mão. "Vamos subir no telhado!", sugeriu Adãozim se arrastando até o teto, de onde podiam fazer melhor pontaria.

Adãozim tinha uma rixa com Iacrí, desde que começara a fazer dadas e razias no meio do sertão, para exterminar nativos. O mutilado bugreiro mirou no peito do guerreiro e disparou. Borboleta preta bateu asas na hora. Ventinho veio e a bala desviou um pouco, acertando o ombro do kaingang. "Diacho!", exclamou Adãozim. Encolhido no seu canto, Santo Aleixo vomitou.

– Que foi, carcamano, nunca viu homem morrer?

– De morte matada, não.

– Acostuma-se.

– Bah, Santo Aleixo, acho que agora só um milagre pra nos salvar. As balas estão no talo.

O milagre veio em forma do apito do trem das duas da tarde. A serpente metálica gritava pelos trilhos de ferro como um profeta do progresso. "Bora pra mata, minha gente", gritou Procópio, arrastando Iacrí ferido. "Estamos salvos", comemorou Pêlo-Duro, descendo em direção ao trem. Ele e Adãozim correram para a estrada de ferro fazendo sinal para o trem parar. O maquinista era conhecido como Vaca Brava, porque vivia atropelando bois e vacas que ficavam na linha do trem, sem nunca frear. Na verdade, ele até aumentava a velocidade da máquina só pelo prazer de estraçalhar o gado alheio.

– Para essa joça, pelo amor de Deus! Para essa joça!

– Tem muita gente ferida! Os bugres pegaram nóis, os burgres pegaram nóis!

Vaca Brava assustou-se vendo aqueles homens ensanguentados e com setas espetadas no corpo. Então, fez o sinal da cruz, cuspiu no ar e acelerou a locomotiva.

– Ele não vai parar, Adãozim, ele não vai parar!

– Vamos ter que fazer o nosso milagre agora, Santo Aleixo

– Como?

– Correndo atrás dessa locomotiva.

– Mas, e os feridos?

– Agora é cada um por si e Deus por todos.

– E você, manquitola desse jeito, dá conta?

– Se for minha hora eu morro, mas morro fugindo da morte. Tenho medo não. Bora, cambada!

E dispararam Pêlo-Duro, Adãozim e Santo Aleixo atirando para trás e correndo em direção à locomotiva que se afastava. Quando viu que o trem não parou, Iacrí pediu a Procópio.

– Vamos terminar isso de um jeito que todos os brancos tenham pavor de se meterem nas nossas matas de novo.

– Iacrí, você está ferido...

– Vamos!

Adãozim não teve chance. Procópio e seus homens voltaram para o barracão e encurralaram o bugreiro, todo estropiado e sem munição, que lutava com o facão tentando se defender. O homem caminhou uns dez passos sobre a chuva de porretadas até cair no chão com os ossos esmigalhados pelas bordunas de Procópio e outros sobreviventes. Iacrí, mesmo ferido, fazia questão de pisotear a cabeça de Adãozim.

– Assassino, assassino! – gritava.

Ovesen gemia, moribundo. As tatuagens de Procópio lembravam-no as antigas runas vikings. O filho de Tereza se aproximou do agrimensor com o facão de Adãozim pingando balofas gotas de sangue. Procópio, então, olhou

DESAMPARO 173

para Iacrí, que assentiu com a cabeça. A vida do dinamarquês acabou com o golpe certeiro do ex-escravo que se tornou líder kaingang. Espetaram sua cabeça branca no poste do telégrafo, que serviu de poleiro à pequena borboleta negra, que tudo assistira. Empalaram Adãozim e o outro camarada com lanças e fizeram uma fogueira com o corpo dos três. Estropiados, com as solas do sapato rasgados e feridos por flechadas, Pêlo-Duro e Santo Aleixo conseguiram chegar até Desamparo de onde veio o socorro, que mais tarde encontraria os corpos carbonizados dos três camaradas da NOB.

Os cadáveres foram levados por uma procissão de peões, agrimensores, engenheiros, bugreiros, serradores e telegrafistas até a casa do Coronel Santos, que se horrorizou com a cena. O líder de Desamparo fez um discurso inflamado para a plateia sedenta por vingança. Abraçado à viúva Karen, desidratada pelas lágrimas vertidas, Santos repetiu seu mote no enterro, feito ao pé do Cruzeiro do Goulart, e em artigos que mandou publicar no "Estado de São Paulo" e na imprensa local: "São dois interesses que se repelem: o da civilização e o da conservação dos índios em seu estado nômade. Ou nós acabamos com a selvageria ou a selvageria acaba com o Brasil, e terminamos todos nus, comendo carne humana e casando-nos com as próprias filhas".

Quando a cabeça de Ovesen foi espetada na estaca, eu saí da mata entre arrependida e aliviada. O que precisava ser iniciado começara. Iacrí, ferido, sorriu pra mim.

– Obrigado, Rita. A localização deles estava correta.

– Mas Christiano não era culpado.

– Todos são. E deixamos o Santo Aleixo vivo. Era o trato.

– Espero que a alma do meu pai esteja mais tranquila agora.

Poucos dias depois, Pedro Ovesen terminou o serviço do irmão morto. Incomodado com a borboleta negra que voava ao seu redor, esmagou-a com as palmas da sua mão. O exército do progresso não podia esperar, nem dar a um de seus mais notáveis soldados, o luxo do luto.

Alguns meses antes do assassinato brutal de Christiano Ovesen, que foi noticiado em todos jornais da capital e até em alguns periódicos ingleses, americanos e franceses, uma carta assinada por Maria Modesto Chica ao "Correio de São Paulo" denunciava um crime pouco comentado, ocorrido na nossa ordeira Santa Cruz do Desamparo. A carta dizia que perto da área de trabalho de alguns peões da NOB – entre eles Adãozim e Pêlo-Duro – ocorria um casamento de "Coroados", como os brancos chamavam os kaingangs. Quem se casava era uma das mulheres de Congue-Huê, que se considerava muito velho para continuar com tantas esposas, sem poder continuar a semear filhos em seus ventres, e combinou o novo enlace entre sua cônjuge e o péin que tocava maracás e conversava com espíritos. Lá se reuniam alguns dos parentes da noiva que levariam, alegres, o péin à rede da noiva.

Pêlo-Duro andava muito entediado dos trabalhos de abrir mata e auxiliar Ovesen em medições. Pior ainda era quando tinha que bater pregos para assentar dormentes nos trilhos. "Eu vim aqui pra caçar bugre", explicava. Adãozim dizia que Pêlo-Duro era puro papo e não conseguiria derrubar um índio a vinte metros de distância. Quando viram o pequeno grupo de kaingangs, com muitas mulheres e poucos homens, todos desarmados, não tiveram dúvidas. Apostaram quem conseguiria matar mais índio, e passaram a derrubar, a tiros de carabina, um a um os homens, mulheres, velhos e crianças que se reuniam desarmados e felizes com a celebração que deveria resultar em novas vidas para a tribo. O péin, sujeito valente, tentou defender as meninas. Sua morte por asfixia foi horrível. Após abaterem, cada um, cerca de dez indígenas, os quatro camaradas brindaram seu esporte predileto, desfrutando do corpo da noiva em um festival de sadismo e perversão que dói demais para ser descrito. Os restos ficaram com os cães.

Saíram de lá com apetite para sentarem-se tranquilos numa clareira, enquanto traçavam suas matulas e contavam causos gozadíssimos. O único sobrevivente da chacina foi Congue-Huê, tão velho e enrugado que foi confundido com uma árvore.

Se observassem com mais cuidado, perceberiam que aquela árvore – ancestral e cheia de sulcos – diferenciava-se das demais por suas lágrimas que rolavam grossas, lavando a terra triste recém-devastada pela marcha do progresso.

Frei Aspreno media terras que os frades comerciavam, geralmente a prazo, dando recibos e levantando bom dinheiro para a paróquia. Voltou das medições e foi direto pra quermesse em frente à sua igreja. Os frades tinham passado o dia todo preparando porcos, frangos e carneiros que assavam ali mesmo, temperando o ar com aquele cheirinho de gordura braseada. Montanari tinha montado uma banca de conservas. Sob a bandeirola erguida de São João, o povo se reunia para comer pamonha, pipoca e beber quentão. O friozinho aterrissava fraco naquelas bandas. Temperatura amena e céu limpo. Minha cabeça alternava o prazer de ser abraçada pela multidão com o ódio de alguns, ali. Um certo remorso pelas mortes dos camaradas também havia. Coronel Abraão e Madama Cartier haviam doado linguiças caseiras que produziam no sítio deles para os capuchinhos venderem com pãozinho fresco junto a cubinhos de cebola e tomate – temperados com cheiro verde, vinagre e o azeite que os serradores portugueses traziam. O casal conversava com Frei Aspreno.

– O coronelzinho é ardiloso, Madama Cartier, tentou desfazer a doação das terras para santa igreja, acredita?

Queria nos deixar sem-teto. E olha que a casa que nos deu é bem miserável.

– E os senhores fazendo um trabalho missionário tão bonito.

– Pois é, mas o Santos não é caridoso como a senhora e o Coronel Abraão. Vou até falar baixo, mas dizem por aí que o Coronel Santos tem pacto com o Zarapelho. É homem fazedor, mas tem sempre saúvas lhe comendo a tranquilidade, pinicando sua mente com a comichão da insatisfação. Sabe por quê? Porque o Mafarrico é ardiloso. Vende o sucesso, mas cobra a alma e o tempo. Que se há de esperar? Sua mulher que era cristã enlouqueceu vivendo debaixo do mesmo teto que o melífluo.

– Creio em Deus Pai, Frei Aspreno!

Final de missa, o povão implorou pro Frade Della Valle, em visita à cidade, operar o milagre dos animaizinhos. Ele tentava argumentar que os tempos haviam mudado; aquilo, agora, era uma cidade e não mais o puro mato sagrado d'antes, mas a turma chorava, tinha gente que ajoelhava e dizia que a cidade tinha sofrido muitas influências malignas recentemente. Sensibilizado, Frade Della Valle passou a entoar uma antiga oração de São Francisco que parecia não funcionar bem, mas era acompanhada pelas melodiazinhas que tirava do nariz. Foi quando a gargalhadona do Ricardinho Capa Negra fez tremer o chão da igreja.

– Gente, olha a nuvem de animal querendo pouso no padre!

Primeiro vinha um falatório estranho do sertão. "Aleluia! Aleluia!", repetiam vozes metálicas vindas da mata. "Isso é coisa do Excomungado", benzeu-se Coronel

Abraão. "Deve de ser missa negra daquele homenzinho, Coronel Santos", disse João Capa Negra passando a mão na garrucha. Mas quem repetia a louvação era uma revoada de papagaios-do-peito-roxo, araras-de-barriga-amarela, estorninhos-malhados portugueses e até cacatuas-de-crista-amarela e ave-liras da Austrália. "Aleluia! Aleluia!", repetiam os pássaros batedores.

E daí, de tudo que era canto do mato saíram macucos, tucanos, jaós, jacús, jacutingas, gaviões, tovacas, corujas e gralhas. E aquele pátio de igreja virou uma sinfonia barulhenta e colorida que o povo aplaudia e pedia mais. "Manda avisar o anão ateu, que Desamparo é terra de Cristo!", gritou empolgado João Capa Negra. O povo e os frades aplaudiram. "Tem homem que opera o milagre da multiplicação dos cobres, tirando das viúvas e dos órfãos, nosso santo frade multiplica os cordeirinhos de Deus", falou Frei Aspreno, com as mãos erguidas ao céu. Frei Della Valle rezava compenetrado querendo dar ao povo uma lição de fé. E do mato vieram gafanhotos, aleluias, cigarras, borboletas, saúvas e maria-fedidas.

O povo só parou de aplaudir quando um urubu-rei posou na cabeça do Della Valle. Mas ele, que não tinha preconceito e amava todos animais, seguiu rezando com mais força. E, quando deu fé, estava todo mundo correndo assustado das hordas de antas, porcos-do-mato, quatis, tamanduás-bandeira, macacos, pacas e cutias que vieram a galope e se sentaram todos ao lado do religioso italiano, que só parou de rezar quando teve aos seus pés dois jacarés, três sucuris e uma onça pintada da malha miúda. Até uns morcegos acordaram mais cedo para prestigiar o acontecimento e eu fiquei procurando para ver se algum se parecia com o meu Giovanni. No mesmo dia, alguns menos religiosos pediram para o Coronel Manoel dos Santos que proibisse milagres na cidade, o que ele fez com gosto, justificando a ação pelos exorbitantes gastos públicos necessários para limpar toda sujeira deixada pela fauna milagrosa do Frei Della Valle. Quando foi levar o documento no convento dos capuchinhos, Santos apertou a mão do Frade Aspreno e não soltou. Olhou nos olhos do italiano e disse:

– Frade, escute bem, concordo que os senhores façam política, mas com lealdade. Espero que vossas santidades não tenham esquecido que ganharam essas terras para salvar almas de índios. Não vi nenhum kaingang trepar nas costas do Frei Della Valle como aquele passaredo todo.

Della Valle, ofendido, assinou o compromisso com o sangue das duas chagas que brotaram em suas mãos e nunca mais voltou a dar as caras naquele sertão ingrato.

Revoltado com o tratamento que os frades recebiam do Santos, Coronel Abraão organizava melhor os Patriarcas, ala de oposição ao Coronel Manoel, que se reunia ali no puxadinho do convento dos frades, onde funcionava a escola. Com ele se encontravam mais uns vinte homens bravos, entre eles o João Capa Negra, Pêlo-Duro, Vaca Brava e o farmacêutico Hélder Goulart. Ricardinho Capa Negra, apesar do desaforo do Santos de ter tentado desfazer sua doação de terras, não quis se meter em briga. Estava feliz da vida com Mariazinha, a Bela, e ainda tinha consideração pelo rábula. Quando lhe convidaram para a reunião deu uma grande gargalhada que foi ouvida por Congue-Huê no meio da mata, e disse que não mudava de lado. "Entendam, mesmo que o sujeito seja traíra, a traição é dele. Eu continuo fiel. Sou assim. Se alguém for julgar depois, que seja Deus, no céu". E outra gargalhada fez cair dos pés algumas limas maduras do laranjal dos Capa Negra.

A reunião chefiada por Coronel Abraão foi marcada por muita empolgação. Falou-se em honrar os frades, em respeitar o direito dos pioneiros e em cessar com os privilégios da estrangeirada. Depois da reunião, Coronel Abraão saiu a galope junto com seu compadre João Capa Negra, em direção às suas mulheres que eram os cérebros de toda resistência ao Santos. Os dois velhotes cavalgavam com as barbas brancas ao vento, enquanto a ala jovem do partido seguia para a Loja do Sol. Os homens compravam fogos e rojões que pipocaram na praça em grande alegria, mesclados a tiros disparados para o alto. Compraram um barril de vinho tinto que franquearam a todos que lhes pediam um golinho. Santo Aleixo viu o Pêlo-Duro metido naquilo e não gostou.

Foi logo falar com o subdelegado Ignacinho, que marcou uma reunião na cervejaria que o italiano tinha inaugurado, quartel general dos "Cruzados", como se chamavam os partidários do Santos. Partido mesmo só existia um, em São Paulo, o PRP, mas ele se dividia em dezenas de facções, cada uma liderada por um Coronel. O prestígio do Coronel Abraão era grande e vinha lá de Jaú. Mas Santos tinha o apoio das firmas estrangeiras e dos homens mais cultos, além de ser o único filiado ao partido político.

A algazarra era grande em frente à Loja do Sol. Já tinham matado a sede de vinho e agora queriam matar a sede de sangue. Gritavam palavrões e chamavam Santos de "Grileiro safado". Diziam que sua mulher tinha enlouquecido de tanto o marido lhe negar fogo. Ana Bugre, vendo a patuscada, se juntou aos cabras, sentando no colo do Pêlo-Duro. "Se o Tenente Galinha descesse pra essas bandas levaria o Santos preso, que esse homem é o maior ladrão de viúvas desse Brasil véio e sem porteira", disse a rapariga. E todos riram, até que alguém teve a ideia de rolar o barril de vinho pelas ruas de Desamparo gritando impropérios contra o partido situacionista passando, inclusive, pela casa do Santos em direção ao alojamento de Ana Bugre e suas companheiras, no Bairro Proibido. Quando já estavam empapados de suor, e tinham satisfeito o apetite do corpo, passaram em frente à casa do subdelegado Ignacinho e a crivaram de balas. Para completar a desfeita, Pêlo-Duro saracoteou até a mansão do Santos e aliviou seus intestinos bem na porta da frente do palacete do semeador de cidades.

Na madrugada seguinte, ainda no escuro, o convento acordou cercado por uns vinte homens montados em cavalos bons e armados de carabinas 44 com onze tiros, mais revólveres Colt ou clavinotes de uma bala. Eram liderados pelo Ignacinho, que contava em suas fileiras com Mané Teixeira e Leonam. Nada do Santos ou do Saint-German. Esses aí não metiam a mão na merda, só plantavam as flores por cima do esterco. Nunca achei que o Leonam fosse homem de ação com aqueles traços finos, os olhos quase brancos e as roupas elegantes, mas naquela madrugada ele parecia estar possuído pelo Cabrunco e mandava os padres saírem até a porta.

– Vamos, seus padrecos de merda, muito cedo pra levantar? São bons pra fazer comércio, mas na hora de amansar índio não mexem uma palha... Se nesse lugar tem reunião de político, então, também, vai ter morte de boca larga.

E os vinte homens deram a atirar no convento e na escolinha, ainda livre dos primeiros alunos. Logo que viu aqueles homens na sua porta, Frei Aspreno mandou um frade pedir ajuda para os partidários do Coronel Abraão. A fuzilaria era intensa e ninguém saía para a rua. Leonam queria botar fogo no convento ou dinamitá-lo, mas Ignacinho não deixou. "Explosão, só se o Santos mandar." Os olhos de Leonam faiscavam. Quando ficaram sabendo do ocorrido, Vaca Brava e Pêlo-Duro agarraram as carabinas e galoparam em defesa dos padres. Assim que ouviu os cascos do cavalo galopando no chão, Leonam bufou. "Tem trairagem vindo aqui, Ignacinho". O homem ajeitou o chapéu de feltro bonito na cabeça, encostou atrás de um murinho e fez mira. Seu primeiro tiro arrancou a orelha de Vaca Brava. Pêlo-Duro, assustado, quase caiu do cavalo.

– Vamos buscar reforços, Vaca!

O cerco aos padres durou quase o dia todo, com muitos oposicionistas vindo trocar tiros com o pessoal do Ignacinho, que não arredava pé da posição, auxiliado pelo instinto sobrenatural do Leonam, que ficou ali até o sol nascer. Lia e Madama Cartier, horrorizadas com a cena, organizaram uma passeata de mulheres para protestar contra aquele sacrilégio. A coisa só esfriou quando o próprio Coronel Abraão veio cavalgando seu alazão com a barbona branca servindo de bandeira de paz.

Era noite, e Leonam parecia frustrado com o fim pacífico do conflito. Me cumprimentou com os olhos azuizinhos e sorriu ajeitando a gravata. Eu esperava que aquele tiroteio acabasse na morte de algum dos homens que roubaram as terras dos meus pais. Mas nada. E foi me dando uma agonia, uma angústia, um sei lá o que, que comecei a chorar. Leonam veio ao me encontro e segurou minhas mãos, olhou nos meus olhos e me deu um abraço apertado. Me senti muito confortada naquele entrelaçar de corpos, como se estivesse no colo da minha falecida mãe e chorei por ela também, e pelo meu pai que não me criou. Chorei pelo sonho impossível que tive, de como seria minha vida com o Montanari. Chorei por Giovanni. Chorei por tudo que perdi. De repente eu fui ouvindo um ruidinho coordenado, uma melodiazinha bonita que temperava um dedilhar de violas. Parecia a música da mata que eu costumava ouvir nos tempos antigos. Fomos caminhando em direção ao final da rua do Santos. Aquele som ia aumentando, como se fosse uma viola e uma sanfona conversando, sem canto. A voz humana era o próprio violão quem imitava.

– Que música será essa?

– Isso é a Eleonora Dez Cordas.

– Uma mulher que toca viola?

– Sim, ela veio lá da estrada boiadeira do Mato Grosso, neta de paraguaios. A mulher é boa como o diabo. Não quer ouvi-la?

– Claro!

Achei que aquela sinfonia complexa emanava de dezenas de instrumentos. E aí, fomos entrando numa daquelas casas no Bairro Proibido. Empaquei na hora. Me deu um desespero, como se tudo aquilo fosse um sonho constrangedor e eu quisesse muito acordar. O arrepio na coluna me lembrou que eu era compromissada. Fiz que não entrava, mas o Leonam puxou minha mão forte e olhou nos meus olhos sorrindo, me acalmando, pedindo que não tivesse medo. Se Montanari descobrisse aquilo, me moía de pancada e me expulsaria de casa. Imagina entrar assim, na casa das raparigas, acompanhada de um homem estranho.

Naquele começo de século, as professorinhas que vinham dar aula na roça tinham que assinar um contrato dizendo que não iriam andar em carroça com homem que não fosse parente, nem iriam beber ou ficar na rua de noite. Se não cumprissem essas regras, eram demitidas. Imagina eu, uma senhora de quase quarenta anos, ali com aquele homem no meio das raparigas? Mas os olhos do Leonam eram tão lindos... E aquela viola encantada parecia que conversava com meu peito. Entrei. O lugar era simples: chão de terra batida, uns banquinhos de madeira, uma porta que dava para um corredor comprido. Logo ali, na porta, um velho mal-encarado sentando num banquinho, com um revólver na cintura e uma pica-pau nas mãos.

Lá dentro, uma senhora com bócio colocava pinga no copo dos homens. Três mulheres se revezavam dançando com os poucos clientes que estavam por lá. Ana Bugre, grávida, dançava com um homem que eu conhecia e que enfiava as mãozonas rosadas em tudo quanto era naco do seu corpo. Esperei eles rodopiarem pra espiar o rosto do cabra: era o Mock Turtle! Fez que não me viu. Não seria de seu interesse que aquele encontro ficasse público. Eleonora solava na viola, enquanto o companheiro dela a acompanhava na sanfona. De vez em quando, Bico Doce, que estava lá tomando umas pingas e conversando com a mulher do bócio, acompanhava os dois tocando um pandeirinho ou uns cocos, fazendo ritmo para as modas mais animadas e dançantes. Sua música era como a maleta de um médico: cada melodia curava uma doença de espírito. Algumas faziam esquecer as dores da vida, outros exorcizavam traições e muitas nos impeliam a sonhar com vidas melhores. As músicas que ela receitou aquela noite eram alegrinhas, mas não sei porque eu, que não saía do meu cantinho, não consegui parar de chorar.

— Rita, é possível tomar o destino e o tempo nas mãos. Ah, vida sem coragem é uma miséria pela qual nem vale sair do útero.

— Leonam, cansei de filosofia. Vou embora.

— Como assim, não está gostando da música?

— Eu? Estou amando, isso é das coisas mais bonitas que já ouvi na vida, mas preciso ir.

— Vou com você.

— Não, Leonam, você fica. Preciso chegar em casa sozinha. Nem sei o que vou dizer ao meu marido.

Ele apenas olhou pra mim e sorriu indo encher sua canequinha com aguardente. Antes de virar de costas, veio em minha direção e me deu outro abraço, senti seus lábios no meu pescoço. Quando botei o pé na rua, o sol já começava a querer acordar, por isso apertei o passo antes que alguém me visse ali, saindo daquele antro. Estava ainda mais confusa, com os olhos inchados de choro e uma tristezinha boa de sentir. Tinha raiva do Leonam e do Montanari. Raiva e culpa. Fiquei imaginando o que iria falar pro italiano quando chegasse em casa. Já meio que inventava uma desculpa e torcia para o Mock Turtle não dizer que tinha me visto naquele lugar, quando cheguei em frente do meu portãozinho. A casa estava quieta. Entrei, bem caladinha – pé ante pé – e cadê Montanari? Nada! O bicho só chegou em casa depois do meio-dia. Tinha ficado jogando carteado e tomando vinho com Doutor Fausto e o Santo Aleixo. Contou que se entrincheiram no convento, sessenta jagunços e homens de valor, partidários do Coronel Abraão. Os Patriarcas lá ficaram por 47 dias. João Capa Negra transportou, para o lar dos Capuchinhos, uma junta de carros de bois, coberta por uma lona velha que escondia dezenas de carabinas, pica-paus, garruchas e farta munição. Começara a guerra em Desamparo. Vivia-se alvoradas tensas e contava-se o fim de cada jornada agradecido por não ter mortos para velar. Eu sonhava com o dia em que João Capa Negra e Manoel dos Santos se matariam e a cidade seria rebatizada como Terras de Maria Chica. Passava na frente do convento e aqueles homens não saíam dali. Cheguei a perguntar pro seu João se eles não iam atrás do Coronel Santos.

– Rita, esse Santos é complicado. Imagine um homem que gosta de fazer discurso e aparecer nos jornais? É ele! E guarda tudo que publicam sobre seus feitos, viu? Lembro que quando ficava alegrinho abria a pasta de couro e mostrava: "Olha o progresso que plantamos no sertão, seu João." Plantamos? Ou plantou ele mais a gringaiada safada que só quer saber de pegar nossas fazendas, quebrar em mil e vender pra italianada? Primeiro, Santos dava um pedaço de papel pra provar pra gente que o que sempre foi nosso era nosso mesmo. Depois veio a sacanagem que aprontou com a dona Helena...

– Sacanagem?

– Uai, Ritinha, sabe, não? O Coronel Abraão jura pelo sacrário que o Santos inventou que a Dona Helena era biruta pra poder amigar com a tal Amélia. E dizem que se Helena reclama, o Santos dá nela de vara de marmelo. O filho mais velho dele começou a endoidar por isso. Ver a mãe apanhar, quem guenta? Pra completar o rebosteio, o Manoel dos Santos mudou o nome da cidade pra Santa Cruz do Avanhandava. E ainda expulsou o Santo Della Valle daqui com sua ingratidão. Esse porqueira do Antero dos Santos... Eita que nunca vi fazer o sinal da cruz quando passa em frente de igreja, nem de cemitério. Temente é o homem decente. Na hora dos terços, já começava se enrolando no Credo, vê se pode. O bicho tem algum pacto com o Capiroto. Só há de ser, dizem que apanhou saci na garrafa ou que vendeu a alminha curta pro Tremunhão numa encruzilhada. Quando o povo fala assim, alguma verdade há de haver. Ou esse progresso é coisa de Deus? Confusão do Demo, só pode ser. Por isso que causou a terceira decepção: a fuzilaria na santa igreja. Olha, menina, não sei se posso te ajudar muito. Tô velho, memória ruim; comprar briga com esses demônios perturba a alma. Nosso Senhor dos Passos passou, preferiram construir uma cidade nova sobre os cadáveres dos que os bugres mataram. Desamparo. E, pra completar, mataram os bugres também. No final, vamos todos ser enterrados abraçados. Feito umas treliças que sustentarão a cidade que o progresso barreia com novidades: pau-a-pique de esquecimento. Alegria de posseiro é pouca. Mal amansa o índio e queima a mata e já vem grileiro mordiscar o pouco que é nosso.

Ódio de João Antonio contra o Coronel Manoel não o fez sair do convento atrás de sangue. Velho frouxo. Mas a tensão persistia. As coisas só acalmariam quando chegou a notícia de que o Tenente Galinha estava por Rio Preto e deveria visitar nossa vila para descobrir se Desamparo tinha, mesmo, tantos valentões capazes de passar padres na bala. A sombra do Tenente Galinha gerou a trégua que Manoel Antero dos Santos e Abraão Paes Correa da Rocha precisavam para acertar um objetivo em comum. Antigos camaradas, agora rivais políticos, os dois ainda mantinham a relação cortês que fazia da política um jogo equilibrado de chumbo e saliva. Madama Cartier, era das poucas pessoas que visitava a endoidecida Helena, quando essa não estava internada no Juqueri.

Naquela noite, se encontraram como nos velhos tempos. Tomando champanhe e comendo peixe de rio manteado, Santos e Abraão acertaram a estratégia de mudar Desamparo, da comarca de Rio Preto, para Bauru. Rio Preto era dominada pelo Coronel Waldemar, que nunca abriria mão das terras do nosso povoado. Santos queria uma cidade só pra ele. Abraão também. Quando o município nascesse, decidiriam quem seria o pai. Agora era se juntarem pra vencer o poderoso Coronel Waldemar, depois resolveriam entre eles. Apertaram as mãos e assinaram juntos a petição para mudar Desamparo para a comarca da cidade, de onde saía a estrada de ferro. Santos também garantiu ao Coronel Abraão que, se a migração desse certo, ele passaria alguns anos em Bauru e diminuiria o cerco aos capuchinhos. Empolgados em decidir, decidiram, também, que o nome da nossa cidade seria mesmo Santa Cruz do Desamparo.

Depois disso, não decidiram mais nada.

NÃO HOUVE chance do Coronel Manoel Antero dos Santos trajar negro quando Dona Helena – a Louca, morreu. Além de notório livre-pensador, avesso às crendices, Santos já estava enfeitiçado àquela altura pela lindíssima morena Amélia Capitolino, sua segunda esposa, primeira e única paixão, como ele dizia. Boneca, como a chamariam na vila, era jovem e levava consigo o estranho vício em concordar. Guiado pelo púbere amor, Santos retomou o hábito de escrever versos e comprou-lhe um palacete em Desamparo, pondo à venda a "Santa Helena", homenagem à sua finada companheira. Ao contrário de Helena, Boneca era grande incentivadora dos versos parnasianos do semeador de cidades, o que animava tanto Manoel que o levou a retomar sua versão abrasileirada de Hamlet.

Rejuvenescido pela paixão, Santos foi eleito, pelos demais vereadores, prefeito de Bauru – seu auge político. Chefe executivo da locomotiva da Noroeste, o coronel fundou, com o francês Charles Saint-German e o canadense Mock Turtle, a *The San Paulo Land, Lumber & Colonization Company*, companhia que adquiriu quase cinquenta mil alqueires de terras virgens entre os rios Tietê e Aguapeí, terras estas que renderiam a ruína financeira do Santos em seus últimos anos de vida.

Como prefeito, Manoel causou muita polêmica ao demolir a antiga capela de Bauru para construir em seu lugar uma moderna praça arborizada. As cúrias locais e o juiz de paz, Eros Afrodísio, fizeram de tudo para impedir sua sanha progressista, chegando mesmo a acorrentarem-se à igrejinha e fazer greve de fome, mas nada demoveu Coronel Manoel de sua missão, e o prefeito mandou derrubar a capela com todos os santos dentro. Desesperado, o sacro Frei Marcelino Della Valle, que andava por Bauru em peregrinação, encerrou um jejum de sessenta dias devorando as sagradas hóstias que seriam destruídas com as estátuas dos santos. O Bispo de Botucatu chegou a excomungar a cidade num raio de cinco quilômetros, proibindo a população de realizar os sacramentos católicos até a terceira geração.

Coronel Manoel despertou confuso aquela noite. Passara o fim do dia lendo John Donne, seu poeta metafísico preferido, para esquecer as ameaças do Bispo de Botucatu. Seu Hamlet tropical andava empacado. Parecia que as palavras lhe fugiam dos dedos. "Tenho caminhado a trilha certa?". O silêncio do universo discordou. "Às vezes me sinto tão sozinho. Ninguém aqui se parece comigo. Nunca se pareceram. Ou muito brutos, ou muito nobres. Nenhum homem de verdade, nenhum gêmeo a aplacar a solidão miserável dos dias. Reino ciclope na terra de Moros... Quem nasceu medíocre tem alguma chance de ascender ao panteão dos grandes?" Boneca, em sono profundo, tinha um sorriso nos lábios. "Passei muitas noites em claro, estudando, lendo os sábios, refletindo e me preparando para deixar a banalidade do comum, mas confesso: fui derrotado. A única coisa gigante em mim é esta imensa fraqueza."

Quando a felicidade veio me visitar, eu já era uma velha atormentada e quase não a reconheci. Primeiro doeu. Então me senti triste, me vi feia, estive faminta. Passei 41 semanas doente de uma mazela que só ataca as fêmeas. Às quatro da tarde, as dores ficaram mais lancinantes, tive espasmos; Montanari – cujo corpo estava quase transparente – saiu correndo para buscar a benzedeira e Doutor Fausto. Tentou falar com o Frei Aspreno, também, mas não o encontrou; disseram que tinha ido até a fazenda do Orôncio negociar terras. Foi então que, nove horas depois, ela surgiu em meio ao sangue e às excreções, num quarto tomado pelo cheiro de placenta. Seu chorinho agudo e frágil me fez chorar, também, em sintonia com toda a desolação que pode caber num corpinho de poucos centímetros de comprimento, aninhado em meus seios inchados. Não era linda, mas era minha; chamei-a Francisca – homenagem a sua avó. Francisca Benjamin, que significa filho da felicidade, e servia também de homenagem ao pai da república brasileira, Benjamin Constant. Gostava da história de Benjamim Constant que, de origem humilde, fora um dos homens que sonhara que a república nacional pudesse ser o começo de um novo Brasil.

Eu esperava que aquela criança fosse o começo de uma nova vida, longe da lembrança do Giovanni, das loucuras do Montanari e das histórias estranhas do Leonam – a quem eu continuava encontrando, geralmente nas sextas-feiras, à noite, escondida de Montanari. A pequena Quita, como a chamávamos, tinha os cabelos negros e crespos como os meus, mas olhos muito claros, quase brancos.

Para nossa tranquilidade, as conservas de Montanari faziam sucesso. Começamos a fornecer conservas de pimentão, abobrinha e berinjela para a Loja do Sol e suas filiais, em Jabotical. Como o Santo Aleixo, dono da cervejaria, também estava interessado nas iguarias italianas, mas a Loja do Sol exigia exclusividade, passamos a lhe suprir de tomates secos. Era uma nova receita do Montanari que também aprendi a fazer, necessitando da ajuda de alguns kaingangs, na colheita, para atender àquela demanda. A madeira estalava o dia todo no forno, onde assávamos os frutos da terra que plantávamos no jardim de casa. Logo tivemos que cultivá-los, também, em nossa chácara – o que me fazia muito feliz por poder sentir o cheiro dos meus pais e viajar nas memórias, através do canto da saracura. Era bom me encontrar com Congue-Huê e Paranê – a responsável por fazer os "Coroados fumarem o cachimbo da paz", como diziam os brancos da cidade. Procópio bandeara, com alguns kaingangs resistentes, ao acordo de paz, para o Mato Grosso. Diziam que lá uniram-se ao Quilombo de Mata Cavalo. Congue-Huê, que outrora se orgulhava de liderar dois mil arcos, comandava agora um grupo de duzentas pessoas, majoritariamente mulheres doentes e crianças. A situação geral não era boa, muita gente morrendo de gripe e sarampo. Congue, antigamente tão atlético, estava com papeira. Num de nossos encontros presenciei a visita de Pedro Ovesen e sua segunda mulher, que estavam voltando de uma comentada lua de mel na Europa. A mulher tinha muito interesse em conhecer índios de verdade, como os da ópera de Carlos Gomes, sobre os quais lera poemas e folhetins românticos. Para ela, a reserva onde viviam os sobreviventes, era uma atração turística, por isso insistia para que o velho agrimensor a levasse até lá. Congue-Huê sabia falar o português dos pioneiros, mas andava cada vez menos disposto a dialogar na língua dos brancos, ainda mais com brancos como Ovesen, que falavam melhor inglês e dinamarquês do que nosso idioma. A esposa não conseguia deixar de reparar nas gargalhadas desdentadas que Congue-Huê dava ao olhar fixamente para a calva de Pedro Ovesen, sempre comentando, em sua língua, alguma coisa com Paranê.

– Pedro, o que esse índio decrépito tanto acha graça em você? Será seu bigode negro que eles desconhecem ou serei eu que estou desalinhada?

– Querida, o homem está delirando, já deve ter mais de cem anos. Esses bugres gostam de uma cachaça, são todos bêbados... Vagabundos com cérebro de crianças. Deve achar graça de nossos calos nas mãos.

– Pergunte a ele, Pedro, pergunte. Não aguento mais esse sorriso a nos perturbar a placidez.

– Querida, não sei falar a língua kaingang...

– Pedro Ovesen, descubra o que essa árvore-humana está dizendo, agora!

– Paranê, você que tanto nos ajudou na paz com os Coroados, será que poderia perguntar a esse bom ancião o que tanto o faz rir?

– Claro. Me deixe ir até ali, que o cacique anda escutando mal. Um segundo. (Aproxima-se do põ'í-bang).

DESAMPARO 195

– Congue, o gringo quer saber por que o senhor tanto ri?

– Há, há, há, vida injusta. Há, há, há, vida miserável. Por que rio? O universo todo, toda existência, é uma grande piada de algum Deus louco desses brancos, de um demônio que se finge de anjo. E só nos resta o riso como antídoto para não enlouquecer. Esse... Sujeito velhaco! Irmão daquele homem de gelo de quem Iacrí pendurou a cabeça na estaca. Agora veio nos visitar em nossa mata, como se estivesse observando animais. Somos seu entretenimento. Só o riso é o antídoto para me salvar da lucidez.

O BOM movimento com as vendas de conservas fez com que Montanari deixasse de tocar em bailes e se concentrasse na cozinha e na Banda. Seu prestígio com Coronel Santos espichara. Sendo eu descendente de Maria Chica, uma pioneira, interessava ao Santos fazer média com o povo, nos abraçando como aliados. Santos até sugeriu que Montanari se filiasse ao PRP e se candidatasse a vereador, nas eleições que consagrariam Desamparo como cidade. Achei que aquilo tinha cara de devaneio, mas Montanari ficou muito orgulhoso e até menos melancólico – suas manchas crescentes chegaram a se estabilizar. Quita Benjamin me dava tanto trabalho nos primeiros meses que não conseguia pensar muito sobre o assunto.

Santa Cruz do Desamparo acordou agitada com a ideia de, enfim, se tornar cidade. Era dia de nossas primeiras eleições. Moleques trocavam socos na disputa por pipas. Santo Aleixo abraçado ao garrafão. Terra batida levantada por cavalos infinitos. Mariazinha – a Bela, de braços dados com Ricardinho, despertava tantos olhares que passara a usar véu branco, tendo a aparência de eterna noiva. Maria Castro, vestido engomado de bolinhas, invejava os livres que corriam atrás das varas que escalavam o firmamento e choviam nos campinhos. Coronel Abraão viera de sua fazenda, liderando cem cavaleiros que desfilavam pelo nosso povoado, dois a dois, deixando rastro de esterco pelas ruas de Desamparo. Depois de receber o Santos em sua casa, dar-lhe de comer, associar-se nas terras, salvar sua vida e, até ir pra São Paulo fazer política, Abraão não havia conseguido nenhum cargo público para o filho Isaque, como gostaria, nem qualquer ajuda do governo para os negócios que não iam bem. Jurou, então, fazer oposição ao Santos mesmo que só recebesse um voto. Quando chegaram ao centro foi que os rojões e bombas começaram a estourar, e a caravana se uniu à Banda Internacional do Montanari, a tocar um dobrado, num lindo desfile que terminou na frente do palacete do Santos.

Coronel Santos havia conseguido. Transformara aquele pedaço de mato, maleita e maldade numa cidade. Seu município haveria de ser maior que Bauru e Rio Preto. O progresso triunfara: os kaingangs haviam sido pacificados, as doenças eram tratadas no hospital da NOB e as distâncias encurtavam cada vez mais, com o avanço dos trilhos do trem. Só o espírito de meu pai insistia em não morrer. "Isso aqui sempre será Terras de Maria Chica", cochichava em meus sonhos, durante a noite. De todas as vilas pertencentes à Desamparo iam chegando novos cavaleiros. Seu João Capa Negra andava na frente de Lia e Hélder Goulart. Mulheres e analfabetos não podiam votar, mas os políticos ressuscitaram seus mortos para garantir a eleição dos candidatos de situação. Às dez horas da manhã começaram as eleições no Cartório de Paz. Às cinco horas da tarde já sabíamos os nomes dos cinco vereadores eleitos: Mock Turtle, Ignacinho, Orôncio, Pedro Ovesen e, para minha surpresa, Montanari. Todos partidários do Santos.

Para celebrar, decretou-se banquete no palacete do Coronel Manoel. Seriam 12 carneiros, 33 frangos, 2 perus e 22 porcos, fora carnes nativas de paca, anta e jacaré. As bebidas incluiriam litros de vinhos de Macau, dezenas de garrafas de *Veuve Cliquot* e muitos barris de cerveja das marcas "Zig-Zag" e "Tripulitana", novidade etílica disponível desde que Santo Aleixo fundara sua cervejaria. Como o juiz de paz Eros Afrodísio, inimigo mortal do Santos, resolveu vir para a inauguração da Câmara, Orôncio recomendou ao nosso coronel que mudassem o banquete comemorativo para um lugar neutro. Santos ficou ofendidíssimo, se negando a participar da festa. Contentou-se em comparecer à sessão inaugural da câmara que elegeu Robert Mock Turtle, um estrangeiro, como nosso primeiro prefeito. Robert fez um pequeno discurso que o povo teve dificuldade de compreender, devido ao seu sotaque carregado. O que entendemos foi que ele instalaria luz elétrica na cidade.

No dia do jantar, Santos resolveu enviar os leitões, frangos e carneiros, que já tinha mandado matar, para o banquete – num gesto prenhe de grandeza cívica. Comeu-se a ponto de, no dia seguinte, acabarem com todas as folhas e arbustos de boldo da região, tamanha indigestão coletiva que assaltou a cidade. Antes da chegada da azia grupal que queimou estômagos e esôfagos, e do imenso desarranjo que entupiu as latrinas e empesteou matagais, o povo teve sede ao acabar de empanturrar-se. Sede de copos de vinho,

DESAMPARO 199

tragos de cana e garrafas de alegria que foram servidas ao ritmo da Banda Internacional. Era vez do baile.

Cheguei cedo ao salão, quando Esmeralda ainda espalhava raspas de vela no assoalho. Montanari, elegante em um terno estreito de casimira, largou meu braço e foi ter com o resto da banda, que afinava seus instrumentos. Aquela foi a última vez que vi Tristão Surdo, que acabaria seus dias num mosteiro, escrevendo afônicos cantos gregorianos. Quita ficara com uma kaingang muda e desconfiada, que morava com a gente e me ajudava no negócio das conservas e nas tarefas domésticas. Sentei-me em uma das mesas próximas à porta e observei a juventude passar.

Maria castro, que pertencia à quarta leva dos Capa Negra – seu avô Noé Antonio Filho morrera na chacina dos onze, o pai desse, Noé Antonio, chegara ao Brasil com Abel Antonio, o abestado marido de Maria Capa Negra – agora bebericava cerveja, como se a cidade sempre tivesse existido, como se ela sempre tivesse se chamado Desamparo, como se os kaingangs sempre houvessem nascido e morrido numa reserva isolada. E quem se importaria? Um dia tudo isso seria menos do que lembrança – na melhor das hipóteses algum resquício do passado se faria lenda. Melhor que fosse tudo tragado pelo esquecimento mesmo. O passado era um lugar triste, temperado por muitas mortes e injustiças. A juventude era um adolescente de palheta valsando nostálgico ao tomar um gole de cerveja.

A visão de Ignacinho e a esposa rodopiando pelo salão, em paralelo com Ricardinho Capa Negra e Mariazinha, sempre de véu, me deixou menos sorumbática. Ricardinho me lembrava o passado que ria, sua mulher estava exuberante num vestido preto bordado com paetês violetas e vidrilhos cintilantes. Resolvi experimentar a tal "Zig-Zag". Não era ruim, mas nem parecia álcool. Mais pro vinho que pra cachaça, descia fazendo cócegas na garganta. Montanari acelerou o baile com uma mazurca. Maria Castro teve que forçar a distância do par para manter a decência. Marcando o ritmo com o pé, e de braços cruzados, um jovem com os sapatos remendados observava tudo calado.

No intervalo da música, Montanari contentou-se em me perguntar se o som estava bom e se alguém havia se engraçado comigo. Eu me sentia tão gorda e feia depois de parir, que nem havia pensando que qualquer homem pudesse se interessar por mim. Será que era por isso que o Leonam andava sumido?

Aproveitei a deixa para me reunir a Pedro Ovesen e Doutor Fausto. Pedro estava preocupado com a guerra em Santa Catarina, onde tinha alguns compadres alemães. Lá, as tropas do governo combatiam um bando de fanáticos religiosos de cabeças raspadas, liderados por uma menina de quinze anos que lutava montada num cavalo branco e levava flores no cabelo e na carabina. Os fanáticos eram posseiros que perderam suas terras para a companhia de ferro e o governo, assim como mamãe. Ficar conversando sobre aqueles assuntos tão interessantes com outros homens gerava sussurros na cidade e minhocas na cabeça de Montanari.

Como eu também não estava animada para debater ponto-cruz, saí sem me despedir e caminhei deixando os pensamentos correrem sem cabresto, dando de cara com a velha casa do Santos, que ele ainda não havia conseguido vender. Percebi uma luzinha acesa, que imaginei ser o Coronel insone com raiva por não poder ter, em suas mãos, a festa de nascimento da cidade da qual fora parteiro. Animada pelas cervejas que provara, entrei no palacete imaginando que Leonam deveria estar de vigia, quem sabe? De longe, ouvi um monólogo e imaginei o velho caudilho do Noroeste se lamuriando para Boneca, feliz em ouvir a própria voz. Passei pelo jardim perfumado da casa, entrei por uma porta de madeira entreaberta e me esforcei para não fazer o chão de taco encerado estalar. Achei que tinha escutado o Leonam e segui em direção ao que me pareceu ser sua voz. Nunca havíamos ficado tanto tempo sem nos ver. Na última vez, eu o repreendera por ter se metido no tiroteio do convento e ele me contara uma parábola estranha, que dizia que ainda viria a acontecer. Era uma história sobre o Messias que havia voltado à terra quando ninguém precisava mais dele e que terminava seus dias pendurado numa cruz tendo seus olhos eternamente bicados por corvos.

Pensei no dia que o conheci, tão bonito e elegante. Razão porque lembrei também de Quita e seus olhos clarinhos. Quando dei por mim, estava observando uma porta entreaberta, perdida no meio do porão da casa do Santos, que funcionava como um túnel subterrâneo. Por todo aquele caminho escuro ouvi ruídos e barulhos. Me aproximei lentamente da porta e vi o coronel descabelado, em mangas de camisa, aparentemente dormido. No primeiro momento, achei que não havia ninguém no quarto com ele e estranhei as vozes que ouvi. Boneca não estava ali, deveria ter dormido no seu palacete. Só havia uma escrivaninha encostada na parede, alguns papéis amarfanhados, o título de Capitão da Guarda Nacional enquadrado, livros espalhados, trechos de sua versão de Hamlet, velas acesas, duas garrafas e um faca.

Um homem bêbado não devia ser difícil de matar. "Rita, ele desgraçou nossa memória", repetia Modesto Moreira em meu ouvido. O diabo está espalhado no mundo e nas pequenas ações. A faca ali, o corpinho desmaiado. Alguém me vira entrando? O que falariam? Um homem tão poderoso, jazia solitário. Mas e Quita? Se acontecesse algo comigo, Montanari seria incapaz de cuidar dela. Imagine? Lavar os cueiros, dar comida, ensinar os nomes e sobrenomes do mundo. E justiça não havia? Eu esperara demais alguém fazê-la. Coronel Abraão? Montanari? Procópio? E agora? Caminho da espada ou caminho da roça?

– Rita?

– Modesto? Meu pai, eu sinto muito por terem sujado seu nome e roubado suas terras, mas acho que sou covarde demais pra ser ruim.

– Rita...

Aquele sussurro não era Modesto. Não sei, até hoje, se o que vi foi real, já que o quarto só era iluminado por velas bruxuleantes, mas tive a impressão de que havia um pequeno homenzinho em uma das garrafas, talvez falando alguma coisa, talvez apenas roncando. Era um homem muito bem vestido, em miniatura, elegante; de gravata e terno de brim. "Será o Cramunhão?", pensei, e uma revelação me fez correr dali desesperada, sem pensar em libertar o homúnculo.

Disparei com toda as forças que tinha no corpo, erguendo minha saia pra ganhar mais velocidade e deixando meus sapatos pelo caminho. Assim que saí daquela casa, passei a gritar histérica tão alto que as mulheres do Bairro Proibido pararam suas farras e vieram me perguntar o que havia acontecido. Eu não tinha tempo para perder com explicações, então, tomei o rumo de casa, mandei a criada arrumar minha mala e da pequena Quita, e disse que pegaríamos o primeiro trem com destino ao mistério. Torci para que Quita não acordasse até embarcarmos, mas quando o trem apitou, ao amanhecer, seus olhinhos claros, abrindo-se, me provocaram um arrepio no corpo.

O pequeno homem, na garrafa... Era Leonam.

Quita foi o que me impediu de enlouquecer enquanto vagava pelos sertões do Brasil à deriva. Eram suas risadinhas gostosas e sua facilidade em aprender as coisas que me davam motivos para continuar viva. Nos tempos em que me afastei de Santa Cruz do Desamparo, recebi notícias através de uma rede de informantes organizada por Paranê. Os anos voavam, enquanto eu me esforçava para alimentar, ajuizar e educar minha pequena selvagem. A manhã despertava com sua fome chorando, e, quando eu piscava o olho, já tinha envelhecido o dia. Não existe empresa mais trabalhosa do que moldar o barro, dar a vida e fazê-la caminhar como gente – ao menos quando a ideia é fazer um humano um pouco melhor do que foram seus pais. Depois da minha visita noturna a sua casa, Coronel Santos deixou a prefeitura de Bauru e viajou para Europa com a desculpa de tratar da saúde.

Enfezado, cheio de pólipos no estômago, que lhe provocavam um temperamento aziático, Manoel andava cuspindo sangue e tendo fortes dores no peito – o Coisa--Ruim cobra o sucesso que empresta.

Antes de embarcar no navio que o levaria a conhecer a terra de seus pais, Santos tratou de pagar os quinze contos de réis que o Bispo de Botucatu exigia de indenização pela capela que mandara demolir a machadadas, em Bauru. Essa atitude tirou a cidade da lista de excomunhão da Santa Igreja, mas será que valia alguma coisa para salvar sua alma? Enquanto eu chorava todo dia ao ver meu peito sangrando e doendo sempre que Quita o bicava na busca de leite e afeto, Manoel Antero dos Santos viajava pela Ilha da Madeira, por Lisboa e por Paris. Quando voltou, foi recebido com banda e banquete por Pedro Ovesen, nosso segundo prefeito. No banquete havia uma cadeira vazia que representava a ausência de uma legião. Ricardinho Capa Negra falecera em uma festa de São Sebastião, após ouvir de um velho cigano uma anedota anunciada como a "piada mortal, o chiste mais perigoso e hilário do mundo".

Começava com um português, um carcamano e um kaingang tendo que trocar um lampião que iluminava a cidade. Ricardinho ouviu a anedota e antes de seu fim começou a gargalhar fortemente. A gargalhada, que provocou o único terremoto de Desamparo, se transformou em uma síncope, estourando o coração do Capa Negra responsável pela doação das terras de Maria Chica para os capuchinhos. Ninguém teve culhão de descobrir como terminava a tal piada. Rapidamente, a festança se transformou em um animado velório, que contou com rezas e choros, mas, também com música, comilança, as presenças de Dona Antonieva – nostalgia encarnada – e o milagreiro Marcelino Della Valle, em seu último contato com o plano físico. Depois daquela aparição telepática, Frade Della

Valle guiou Mariazinha, a Bela, para um santuário de São Sebastião, onde a viúva de Ricardinho, sempre de véu, operou milagrosas metamorfoses. Cansado, Della Valle se tornou eremita e foi morar no meio da mata desejando se tornar hóstia viva para os animais silvestres.

João Antonio Capa Negra, que havia criado nosso sobrinho Ricardinho como filho, vestiu preto por dentro e mergulhou numa frustração da qual não sairia mais em vida. Os homens do clã Capa Negra estavam condenados a serem infelizes no amor ou desaparecerem por morte matada, quando achassem que tinham driblado sua sina. O sertão é risonho e tranquilo, mas vingativo.

Fui dormir com aquelas notícias. Quando acordei já existiam baças luzes vermelhas que hipnotizavam mariposas e moradores à sua volta. De carona com as novidades, mudaram-se para Desamparo o Eros Afrodísio e a esposa dele Bernadete Tibiriçá. Afrodísio era um homem imensamente gordo, de bochechas rosadas, riso fácil e apetite extravagante para bilhar, bebidas e bailados. Sua barba era malhada de branco e preto e seu prato favorito era o boi no rolete. Bernadete, sua mulher, era muito fina e educada, mas de uma magreza que inspirava cuidados. Inicialmente, foram muito bem recebidos: Bernadete incorporava Chopin ao tocar suas sonatas no piano de armário e o casal comprou a "Santa Helena" dos Santos, com seu aviário e sua vocação de palco para banquetes.

A cidade retornou aos tempos dos saraus de outrora, mas num ritmo mais acelerado, onde a dança valia mais que a música, a performance mais que a poesia, a bebida importava mais que a comida e o gozo era objetivo prioritário diante dos negócios. Antes de cada evento rezava-se o terço e recolhiam-se doações aos capuchinhos, enquanto abatiam-se os animais cujo sangue regava as terras ubérrimas do casal.

Os humores azedaram-se quando Afrodísio entrou com uma ação questionando a posse da gigantesca fazenda Aguapeí – de propriedade de Santos e seus sócios da "The San Paulo Land, Lumber & Colonization Company", que andavam vendendo muitos lotes de terras para imigrantes estrangeiros. Eros Afrodísio representava uma empresa rival: a "São Paulo Terra, Tradição e Companhia de Colonização", criada por importantes e endinheirados cafeicultores paulistas. A ação movida por ele foi uma declaração de guerra que dividiu a cidade entre os "Afrodisistas", que acabaram ganhando as eleições daquele ano, e os velhos "Cruzados". Correu o boato de que a carne defumada nos banquetes de Eros era moqueada dos pássaros do antigo aviário do Santos.

Afrodísio contava com o apoio de seu sogro, ex-governador e à época presidente do Senado do Estado de São Paulo. Também se aliaram a ele muitos dos antigos partidários do Coronel Abraão, cuja longa barba se arrastava no chão, e que, com benção de Afrodísio, acabou se tornando nosso primeiro prefeito realmente brasileiro; tendo aprovado valorosas melhorias urbanas, como a contratação de um porteiro concursado e bem-remunerado para a Câmara, a isenção de impostos vitalícios para quem construísse moinhos de vento em Desamparo e a mudança do trajeto de uma importante estrada que passaria pelas propriedades do Coronel Santos, para a propriedade do próprio Abraão, devidamente indenizado. Abraão e Hélder Goulart eram os homens de confiança de Afrodísio, em Desamparo. Já João Capa Negra, antigo líder da oposição, estava cada vez mais religioso e recluso. Se desiludira com a política depois do tiroteio do convento e percebera que nunca seria como o Santos. "O político tem que nascer sem focinho para conseguir viver chafurdando na merda sem vomitar na cara do povo", resumiu lírico, ao abdicar do controle do antigo partido de oposição, naquele momento, situação.

Na prática, se Santos era um estrangeiro para os velhos colonos que sonharam Nosso Senhor dos Passos, Afrodísio era quase um alienígena, caído dos altos salões da capital paulista com um sotaque afetado e a mão carente de calos. Fome, para ele, era uma sensação vaga que o cutucava quando jejuava na quaresma. João Capa Negra lembrava bem das chicotadas que a maleita e a falta de uma vaca leiteira desferiram em seus filhos, quando chegara ao sertão. Preferiu, então, dedicar seus últimos pensamentos às obras de catequese dos capuchinhos e a estudar passagens do Velho Testamento, devaneios puros que só eram incomodados vez ou outra por lembranças delirantes da "Companhia de Cavalinhos Sampaio", um circo itinerante que passara uma temporada em Desamparo e, no qual, se apresentavam duas artistas muito charmosas: Xênia e Matilde.

As musas dividiram a cidade do velho coronel em dois grupos de admiradores. Os de Xênia portavam um estandarte de cetim invisível, os de Matilde – João Antonio incluído – erguiam um estandarte cor de infinito. Entre buquês de plantas carnívoras, correntes de safiras e tapetes voadores que estendiam no chão por onde as divas passassem, os fãs das beldades também distribuíram muita pancada na cabeça uns dos outros. "Vivemos no século xx e não nos diferenciamos muito de Caim e Abel, perdidos nos primórdios dos tempos. Só que sempre nos enxergamos inocentes e injustiçados, como Abel.", refletiu o ancião. Daquele dia em diante, o João Capa Negra deixou as lutas fratricidas para Antero dos Santos e Eros Afrodísio, e buscou a santidade de Frade Della Valle, seu exemplo de correção. Não conseguiu nunca ressuscitar o milagre que atraía hordas de animais silvestres para os ombros do Frade Della Valle, mas em sua barba passaram a viver joaninhas, borboletas, besouros rola-bosta, aranhas e vaga-lumes.

Quando voltei para Desamparo, Quita já tinha cinco anos de idade e eu mal reconheci Montanari, cujos cachos estavam completamente brancos, a combinar com sua fina pele de cristal.

— Quando você me abandonou, casei com a doença. — sussurrou amargurado, ao abrir a porta com uns olhos carentes que lembravam os de um bebê faminto.

O correr dos dias lhe fora impiedoso. Antes, a barriga musculosa, os cachos viris, o desejo em forma de boca. Agora, ele, Orôncio e Ignacinho formavam a trinca mais feia da cidade. Ao me descobrir em Desamparo, Orôncio sorriu:

— Comadre, minha filha, uma eternidade passou por aqui e você não viu nada. A cidade sentiu sua falta.

— É, compadre, criar uma vida dá trabalho.

Eu sentia que todos aqueles homens brincando disputas de poder em que sonhavam serem grandes estadistas, generais revolucionários e velhos bandeirantes me viam como a torre de um tabuleiro em constante disputa – a pilastra que sustentava a alma e a moral de Desamparo e a impedia de desmoronar. O que ninguém percebia é que eu era uma montanha de escombros; os restos do que outrora fora uma viga de força, resiliência e temperança. Eu havia sido implodida e sofria para reconstruir-me. A impressão da minha força era apenas uma traquinagem da memória e, no fundo, eles preferiam não me enxergar. Sempre fui mais útil quando invisível.

Quita também demorou para conseguir enxergar o pai. Teve que calibrar seus olhinhos claros para captar aquela figura, cada dia mais etérea, que parecia esculpida no gelo. Montanari precisou de tempo para se acostumar com a nossa volta. Vestindo sempre preto e com a gola fechada até o pescoço, o demônio de cristal me pedia detalhes de onde tínhamos passado, com quem eu morara e se havia me deitado com outros homens. Mais uma amnésia terrível apagou esse período da minha mente.

Ele implicava com o jeito de falar da menina e com seus olhos cor de vidro. Apesar de vivermos em cômodos separados, os anos distantes enchiam sua imaginação de ciúmes e sonhos paranoicos. O ciúme de Montanari parecia lhe reacender a paixão e voltar, eternamente, ao momento perdido em que nos encantáramos um pelo outro. De alguma maneira torta, viver minhas fantásticas aventuras imaginárias o impedia de realizar suas próprias tentações. Brincar com a infidelidade alheia era a âncora que aportava sua lealdade. Quem sofre ciúmes não recorda, nem vislumbra: vive o eterno hoje – bicada no fígado renascida – das dores desleais que foram ou serão.

Quita Benjamin tinha cinco anos, mas quase não dizia palavra completa. Quando queria um copo d'água, por exemplo, pedia "Mã, qué 'gua". Quando via uma vaquinha fazendo suas necessidades dizia ao Montanari "Pá, a vaqui fe 'cô". Montanari consultou a velha benzedeira que não viu nada de errado com Quita. Ele, então, se aconselhou com o Frei Aspreno, que inicialmente não achou nenhuma anomalia em Quita, mas fez uma ressalva: "Pode ser que se trate de uma atrasada mental". Isso para Montanari virou uma realidade "Minha filha é retardada!", repetia mordendo o indicador e o dedo médio, enquanto afogava suas mágoas em vinho. Era como se estivéssemos vivendo tudo que passamos com Giovanni de novo. Um dia, em que acordara melancólico, pegou Quita no colo e lhe perguntou:

– *Figliula*, por que você só fala as coisas até a metade? Não consegue falar direito?

– Eu consigo, papai, mas tenho pregui.

Aquela resposta aliviou Montanari, que passou a achar a menina genial porque economizava energia e esforço, mas se comunicava com a mesma eficiência. Num dia de arco-íris perneta, Quita confessou ao pai que queria ser joaninha quando crescesse. Montanari, achando aquilo a coisa mais bonita do mundo, agradeceu com uma lagriminha de sal. Me pediu, então, pra coser um vestidinho vermelho com bolinhas pretas pra Quita. "Ela será advogada ou médica. Isso é fato, não duvido que chegue a presidenta." Eu ria daquilo. Imagine, uma mulher presidente? Isso nunca vai acontecer. Era mais fácil um homem negro, como Nilo Peçanha, conseguir chegar à presidência do que uma de nós. Mulher com sangue negro nas veias, então, mesmo com aqueles olhos de burca, ia ter o triplo de pedras a lhe atravancarem o caminho.

Morar com aquele homem de vidro, cada vez mais branco, rosado, era estranho. Às vezes eu não conseguia enxergá-lo ali, não conseguia percebê-lo, era como se ele nunca houvesse existido ou, então, como se já fosse um fantasma do passado. Outras vezes, eu o compreendia bem demais, angústia e impotência acumuladas em uma alma deveras sensível.

O VERÃO estava chegando. Aleluais invadiam casas, despindo-se de suas asas e amando-se nos chãos de terra batida. Ipês raquíticos vestiam as peles negras com suas melhores flores amarelas. Uma tempestade pesada e cheia de relâmpagos exigiu uma semana para passar. No inverno anterior tivemos a maior geada da história, que destruiu boa parte da colheita de café. Na sequência da geada infernal veio uma nuvem de gafanhotos do Norte, acho que de Rondônia, arrasando o que sobrara. Estranhos tempos, tristes trópicos.

Homens reunidos em volta de um barril de vinho barato conversavam em frente à Loja do Sol. Pêlo-Duro, Coronel Abraão, Vaca Brava. O bando admirava as mulheres desacompanhadas que passavam, fazendo zombarias e assoviando, enquanto queimavam palheiros e derrubavam álcool goela abaixo. Abraão estava contrariado com os artigos que Orôncio andava escrevendo.

— Os Cruzados não aguentam terem perdido a cidade. Os almofadinhas acharam que iam vender Desamparo pros gringos.

214 FRED DI GIACOMO

Vaca Brava concordava com o prefeito, enquanto cutucava Pêlo-Duro para reparar em Maria Castro, que passava pelos homens apressada e olhando fixo para o chão. Quando viraram seus pescoços na direção das curvas púberes da neta de João Antônio, perceberam que Orôncio Almeida Prado vinha acertar suas contas na Loja do Sol. Pêlo-Duro, que remexia as narinas com a unha comprida do dedo mindinho, não perdeu tempo.

– Orôncio, carranca de assustar defunto, por que tu não escreve me difamando naquele teu jornalzinho de merda, hein, cruz-credo?

Orôncio, que estava procurando uma rima original para a última estrofe de seu novo poema, nem pode pensar em correr. Abraão o acertou com a bengala, roubando-lhe o equilíbrio.

– Calma, meu filho, vamos ter calma. Política não se resolve no cacete.

O chapéu coco de Orôncio caiu no chão acompanhado por duas gotas de sangue. Pêlo-Duro pegou o chapéu e enfiou-o com força na cabeça do Almeida Prado, apertando suas orelhas para baixo.

– Essa é pra tu aprenderes a não publicar mentiras naqueles jornalecos de bosta que não servem nem pra limpar o cu do meu cavalo.

– Isso é um absurdo! É um atentado contra a democracia e a liberdade de imprensa.

– Liberdade? Tu achas que mora aonde? Aqui tu tens a liberdade de não fazer merda, e só. Manda quem pode, obedece quem tem juízo. Vai apanhar mais pra não esquecer como funcionam as coisas por aqui.

A pancadaria foi se espalhando pelo centro da cidade com os Afrodisistas indo à forra. Quando o balofo Eros Afrodísio, acompanhado do farmacêutico Hélder Goulart, viu a coça que os adversários estavam levando esfregou a barba malhada e disse: "Hey, amigos, vamos pegar o baiano do Santos lá no açougue!" O grupo agarrou Orôncio e o baiano jovenzinho, os espancou e meteu-lhes num vagão de trem. De lambuja, Eros levou, do açougue, grossas coxas de boi que braseou em holocausto, em mais um de seus banquetes épicos.

– Vão pra Bauru chupar os ovos do seu macho, bando de baitas!

Horrorizado, Mock Turtle, que chegava na estação, tentou impedir que os capangas do Afrodísio metessem os Cruzados no trem, mas acabou apanhando de Pêlo-Duro e Vaca Brava "pra ver que eles não tinham medo de gringo e que aquilo era Brasil".

– Avisa praquele idiota do Pedro Ovesen que ele é o próximo a apanhar de relha, viu, ô franga loira? Rato branco dos carai...

– Bah, gurizada, o pessoal de Desamparo é cruel. Aqui o povo é índio.

– E agora? Vamos catar o Montanari, aquele italiano chupim de muié? Ou vamos pra Bauru quebrar a cara daquele duende do Manoel Antero dos Santos?

Os bárbaros chegavam e eu não podia calar-me. Eu e Montanari já não éramos mais do que amigos, mas ele era o pai de minha filha e eu temia que o machucassem. Além do mais, sonhava que algum desses Afrodisistas falastrões vingasse meu velho e lamuriento pai que não teria descanso enquanto Santos respirasse.

– Se vocês forem bem homens mesmo vão acertar logo as contas com o Coronel Santos, que é quem manda nessa bodega. Querem o que com o pai da minha filha, hein? Acertem suas contas com o Manoel, seus frouxos!

– Queres ver o frouxo, Dona Rita? Fique na tua, bruxinha, o que é do Coronel Santos está guardado, viu? Mas seu marido também é cria dele.

Sorte do imprestável transparente foi a chegada do subdelegado Ignacinho, que fez o Montanari passar a noite na cadeia para não ser linchado pelos Afrodisistas. Frustrado, o bando de Afrodísio seguiu para a gráfica de "O Noroeste" para empastelar o jornal, destruindo sua maquinaria. Só se acalmaram quando o velho João Antonio Capa Negra veio da sua fazenda para a cidade pedindo que a loucura tivesse fim. Pêlo-Duro até pensou em aplicar surra de rabo de tatu no velhote, mas a barba branca do pioneiro serviu de argumento para que Abraão e Afrodísio recuperassem um mínimo de sanidade. Depois dessa onda de espancamentos, Bernadete Tibiriçá, mulher de Afrodísio, se tornou persona não grata nas casas das damas de Desamparo, sendo excluída da vida social da cidade. Seu isolamento fez Bernadete convencer o guloso marido a mudar para São Paulo antes que sujassem as mãos com o apimentado sangue caipira.

Na época em que o Coronel Antero dos Santos andava trabalhando forte para transformar nossa vila em cidade, Lia Goulart ficou muito deprimida com o destino que despontava para sua sonhada Nosso Senhor dos Passos. "Esse tinhoso vai conseguir criar uma cidade com seu nome", pensava ela, "nossos companheiros devem estar chorando no túmulo". Lia, que era católica, tinha especial desprezo pelo Coronel Santos desde o tiroteiro do convento. Percebendo que o nascimento de Santa Cruz do Desamparo ia mesmo vingar, resolveu morrer uma morte silenciosa e indolor, levando consigo as ambições dos primeiros pioneiros de sangue mineiro que haviam chegado naqueles campos, antes da Lei de Terras. Em seu leito de morte teve um alumbramento que provocou grande ciúmes no marido João Antonio, que quase morreu junto, mas na última hora lembrou que nunca fora tão apaixonado assim. Chamando-o para perto de seus finos lábios, Lia revelou, sabendo que ele não entenderia: "Não somos filhos de Deus, mas seus estilhaços."

João Capa Negra assistiu alguns alvoreceres remoendo aquilo. Os homens de sua família eram infelizes no amor. As mulheres morriam santas. Visitou o túmulo da esposa por trinta dias seguidos, sempre atordoado e trajando chapéu e terno pretos, que contrastavam com os pelos da barbeca branquinha. No trigésimo dia de visita à tumba de sua finada esposa, João Antonio sentiu a voz da mulher ao pé de ouvido: "João, não seja um imprestável conivente, candidate-se a vereador e vire prefeito desta cidade miserável que nossas famílias criaram". A ideia fez João sorrir pela primeira vez naquele mês. Seria um candidato neutro, nem Cruzado, nem Afrodisista. "Santa Cruz do Desamparo há de ter uma terceira via", pensou o sobrinho de Maria Capa Negra.

João, inocente sobre os processos eleitorais peculiares que decidiam nossas votações, levou sua campanha a sério. Montado num cavalinho tão velho quanto ele, o carcomido pioneiro foi bater na porta de todos os homens aptos a votar. Tomou caneca de leite quentinho e espumoso, direto da teta da vaca, pros lados de General Glicério; ajudou no parto de uma eguinha baia em Hector Legrú e, até, barreou casinha de colono ficando pra porcada com viola e sanfona que comeu solta depois do mutirão. Viúvo, gostava de sentir-se útil e preferia evitar passar muito tempo sozinho no casarão de sua fazenda. Já vislumbrava até uma casinha na cidade para morar quando fosse prefeito.

Apesar do domínio geral, na política e na pancadaria, do partido Afrodisista, os ventos pareciam começar a soprar em outra direção quando chegaram as votações daquele ano. Foram escolhidos cinco novos vereadores para completar a câmara, mas só dois apareceram para o dia da posse, tamanho era o medo que a política despertava. O primeiro eleito fora o Ignacinho, que tinha potencial para acabar prefeito como representante do Santos. Com a eleição dele, ao lado de Orôncio e Montanari, que mantiveram os cargos, os Cruzados recuperavam a maioria na câmara. Mas as votações também haviam revelado uma surpresa: João Antonio Capa Negra fora o vereador mais votado da cidade, se dizendo neutro e apolítico. Ele seria a única exceção em uma câmara infestada de Cruzados.

Três dias correram em que o frio fora de época anunciou estranhezas no ar. Era como se o mundo houvesse acordado de ressaca. Orôncio Almeida Prado, que ia lavrar a ata da posse dos novos vereadores, estava gripado naquele dia e pensou em não ir. A surra que levara dos Afrodisistas ainda lhe doía os ossos. Ficou tomando chá de gengibre com laranja até quando pôde, mas sua mulher insistiu para que cumprisse seu dever.

— Está certo, minha filha, está certo... Lá vou eu praquele inferno.

— Orôncio, pelo amor, blasfêmia em casa? Essa eleição vai ser o começo da paz em Desamparo, você vai ver.

— Os ânimos estão muito exaltados, minha filha, acho que a coisa não vai acabar bem. Os Afrodisistas dizem que fraudamos as eleições.

— E vocês fraudaram, Orôncio?

— Não mais do que eles.

A câmara estava cheia. Ignacinho havia levado seu primogênito para assistir sua posse. O garoto sentia-se orgulhoso do pai. Nunca mais o chamariam de pobretão, no colégio dos capuchinhos, onde era bolsista. Lembrava, vivamente, do dia em que a bela Maria Castro lhe perguntara por que usava roupas largas, já que era tão magro. O menino, tímido, riu, envergonhado demais para dizer que ganhava todas suas blusas de frio dos primos mais velhos – filhos do tio doutor. As coisas haveriam de ser diferentes, pensava o garoto, acomodando-se ao lado de Pedro Ovesen, "Nunca mais me vestirei de sobras e esmolas, nem precisarei cortar as pontas do meu sapato, quando eles estiverem pequenos. Vou ter uma conta na Loja do Sol, assim como Maria Castro". João Antonio Capa Negra estava eufórico. Vestira seu melhor terno, botara o chapelão com que casara na cabeça e fora para a câmara ser o primeiro Capa Negra eleito vereador da nossa cidade. Maria Castro estava lá para prestigiá-lo. João só sentia falta do cunhado Hélder Goulart. "Quando saí da minha toca, o compadre virou eremita", pensava ele, recordando da revoada de araras azuis que lhe embelezara o casamento com Lia. "Naqueles tempos, eu ainda não a amava. Cheguei a me apaixonar por Maria Chica, quem diria. A paixão dos jovens é uma chuva de verão. Que bom que os cabelos brancos e a paz de espírito chegam ao coração."

Orôncio iniciava a sessão e começava a dar posse para Igancinho, quando Pêlo-Duro – que era fiscal da câmara – começou a gritar, de revólver na mão:

– Não pode! Não pode!

– Não pode o que, meu filho?

Orôncio, ouvindo aquele berreiro nervoso, percebeu que a coisa ia acabar mal e se agarrou às atas, escondendo-se debaixo da mesa de madeira. O prefeito Abraão deu um tiro de 38 para o ar e gritou: "Atira, cabra medonho!". Pêlo-Duro piscou duas vezes, olhou para a cara assustada de Ignacinho e descarregou seu revólver no corpinho magro do pai de catorze filhos, que não entendia direito o que se passava ali. Errou quase todas balas. De punhal na mão, Vaca Brava partiu para cima do Ignacinho. Montanari, de terno branco, procurava se defender das facadas com uma cadeira de madeira. João Antonio não entendia aquela algazarra: "Isso está parecendo o dia que passaram fogo nos kaingangs por causa das espigas de milho. Êta, sangueira que não estanca nunca neste lugar!" Pêlo-Duro e uns camaradas disparavam seus revólveres, quando Abraão abriu a porta de uma sala contígua e gritou "É a hora, rapazia-

DESAMPARO 221

da!". Da porta, uma nuvem de chumbo precedeu vinte matadores armados que de lá saíram gritando e atirando, entre eles Hélder Goulart e o fantasma de Modesto.

– Rita?

– Paizinho?

– Lembra da vergonha que sentiste de mim?

– Jamais!

– Lembra das piadas que João fazia nas minhas costas?

– Pai...

– Lembra do desejo que ele botava em sua mãe?

– Modesto Moreira!

– Quem apoiou Dioguinho e a matança dos kaingangs?

– Não posso.

– Quem trouxe o Santos pra sua casa, lhe alimentou e protegeu?

– Sou fraca?

– Quem nos roubou e financiou a morte dos nossos aliados?

– Não!

– A caixa está aberta. Os demônios saem da toca.

Percebendo aquele enxame, gritei pro velho João vir em minha direção. Aparvalhado estava o velho. "Seu João, aqui!" E me joguei na frente da boiada que estoura. Ele veio. Fuzilaria. Zum! Dei um berro agudo, achando que tinham me acertado. Novo tiro de carabina baleou Ignacinho nos rins. Orôncio tomou facada nas coxas. Massacre. Hélder Goulart tentava alvejar Montanari pelas costas, mas o homem estava tão transparente que era difícil fazer mira com a parede branca. Pedro Ovesen tomava paulada nas costas. Agonizando em seu próprio sangue, Ignacinho se arrastava até a porta da câmara. Seu filho estava desesperado.

Quando o tiroteio acalmou um pouco, Orôncio disparou pelo corredor interno até um quartinho onde pretendia guardar a ata. Um jagunço mineiro que não o conhecia interrompeu seu caminho, armado de carabina. Orôncio tratou de desarmar o matador com sua refinada diplomacia:

– Alto lá, Afrodisista, vai matar um correligionário?

– Qual é a senha?

– Que senha, meu filho? Não temos tempo para frescuras!

– Preciso da senha. Diga, vamos!

– E eu preciso passar para destruir essa ata. Ordens vindas de São Paulo.

– Se não disser a senha, tenho que lhe deitar chumbo.

– Olha, meu filho, você não é daqui, não sabe com quem está falando, mas eu sei quem te paga. O Coronel Afrodísio, lá de São Paulo, e ele vai matar eu e você se eu não cumprir meu objetivo por conta da sua confusão.

– Olha, doutô, desculpa, mas o negócio é que quem não falar "Pigmeu de bigode", tenho ordens para matar.

– Pigmeu de bigode.

– Gradecido.

"Pigmeu de bigode", conseguiu rir Orôncio, "deixa o Santos ficar sabendo dessa". O riso durou pouco e a lembrança de Ignacinho baleado lhe tirou a cor do rosto. Esbaforido, Orôncio saiu correndo e pulou o muro do Doutor Fausto. O médico não estava em casa àquela hora, apenas sua esposa e a centenária criada.

Assim que chegou, Fausto encontrou o amigo de carteado e pescarias tremendo com uma xícara de café vazia nas mãos.

– Ué, compadre, o senhor veio parar aqui?

– Houve o diabo ali na Câmara, Fausto, tiros, facadas... Precisei pular seu muro pra escapar.

– Eu sei, eu sei, Orôncio, o Ignacinho está baleado. – disse, pegando uma carabina pendurada da parede – Mas não tem nada não, viu, compadre? Seja Afrodisista ou Cruzado, quem mexer contigo eu mato.

– Pelo amor de Deus, compadre, as coisas não podem se resolver assim, já estou farto de ouvir tiros.

Antes disso, cheguei a achar que tinha morrido. Fiquei um tempão enrolada em mim mesma, embaixo de uma cadeira, em posição de filhote humano dentro da barriga da mãe. Desejei morrer com todas minhas forças, não aguentava mais contar os corpos. Era como se eu lembrasse de cada ano da minha vida pelas matanças: 1886, chacinaram os onze e antes deles o Rugrê; em 1904 mandaram os companheiros do Montanari pro além; cinco anos atrás, foi o Ovesen e Iacrí... Quando abri os olhos vi que o sanguinho era pouco e eu ainda estava lá. "Porca miseria", diria o Montanari. O redemuinho de fogo ainda não tinha passado. De um lado Coronel Abraão, Pêlo-Duro e Hélder fazendo fumaça com as armas. Do outro, Orôncio, Ignacinho e Montanari feito lagartixas grudados na parede.

Todos passavam por mim como se invisível eu fosse. Mais uma vez disparavam política pelo cano da espingarda. E eu? Mudez. Sem voto, sem voz; sem nem uma mão do Montanari pra me levantar dali alquebrada por dentro.

Senti o gosto do sal na boca. Lamentos? Isso é coisa de rico; gente dos cabelinhos lisos – não eu. Sem chance. Pimenta nas veias: nada nos bolsos é nada pra perder. Vida miserável, vida maldita. Pra mim nem Cramunhão surge em encruzilhada propondo fama, glória e poder. Alminha que não vale nada, pequenina. Foi se apequenado com os anos? Nasceu nanica, acho eu. Subi numa cadeira. Balas zunindo e o medo nem dava as caras. Medo é coisa de quem nasce com algo. Botei o coração na garganta. Os pensamentos voando da mente pra boca.

– Chega de viúvas em Desamparo! – Gritei – Eu cresci no mato, floresci no sertão, envelheci na cidade e apodreci na solidão. Minha mãe foi dona de tudo isso aqui, um dia essa cidade teve o nome dela. Tudo Terras de Maria Chica. Ela, que tocou venda sem homem, sempre me disse "Fique longe da cachaça, de marido e de trapaça". Eita que eu não ouvi, meu Deus. Por quê? Alguém aí está me ouvindo? Alguém aí está me escutando? É preciso lembrar Modesto Moreira. É preciso vingar os Moreiras da Fazenda Farelo. Meu pai não era bandido, meu pai nunca violou uma kaingang. É preciso lembrar de nós, gente. Não temos brasão, mas já fomos reis. Olhem para as árvores. Olhem para Congue-Huê, miseráveis! Nós somos reais, nós existimos, não somos invisíveis! Nindá era uma Deusa. Uma Deusa! Chega desse jogo de moleques mimados, o teatro precisa acabar uma hora pra vida começar de verdade. Não percebem que estamos morrendo no ensaio? Alguém está me ouvindo? Alguém está me ouvindo?!

Não ouviam. Serenavam as balas, mas não paravam. Orôncio escafedeu-se. Não ouviam. A agitação já era grande, quando alguém percebeu que, entre os sobreviventes, não se encontrava o seu João Antonio. Não ouviam. "Onde está o velho João?", repetiam os cidadãos assustados com a fuzilaria. Falei até verter lágrimas, mas alguém emprestou ouvidos pra acalentar minha angústia? Sem chance. Não ouviam. Fiquei parada lá, enquanto Afrodisistas e Cruzados esvaziavam o recinto. Era o cangaço no sul. Não ouviam. "Onde está o velho João?", repetiram. João, sobrinho de Maria, a primeira dos Capa Negra. João, filho de Noé e Antonieva, a que nunca vi morrer. João que casou com Lia Goulart no dia em que mamãe chegou no sertão e, no dia do próprio casamento, se apaixonou por ela. João, cabeça dura que aceitou o ataque dos Pinto Caldeiras aos kaingangs e ainda difamou papai.

Diacho, será que tinham fuzilado o velho? Por minha causa? Armadilha minha? Epifania nascera, mas ninguém estivera ali para assistir. Seu João era um cadinho que restava do passado. Parece que o tempo apaga o pecado dos velhinhos e mantém só as coisas boas pra gente chorar saudades. Alguém perguntou da Rita? Alguém vai blasfemar João morto? Jamais, monumentos, no mínimo. Maria Castro foi que surgiu da Câmara distribuindo lágrimas e gritando "Mataram o vovô! Mataram nosso sonho!" Difícil explicar o tamanho que cada morte tem no coração da gente. Algumas doem porque são de gente querida e outras porque representam perdas maiores. Um clima de tristeza e indignação do tamanho do mundo tomou Desamparo. O corpo envelhecido do seu João, já sem vida, foi carregado de mão em mão até ser levado para a casa do

Doutor Fausto, mas, por melhor que fosse o médico, não havia o que fazer. O homem estava morto.

Era como se todo mundo tivesse matado ele e agora todo mundo queria cuidar. Coronel Abraão fugido para Lins. Manoel Antero dos Santos veio de Bauru com seus discursos e suas palavras de consolo. Sorri de canto porque desde que me feri no tiroteio podia ver um tanto além. Vi o arrogante Coronel Manoel, que tanto tentou dobrar o tempo, se escarafunchando de cara na merda. Vingança haveria. O futuro podia apagar da história os pequenos e os insignificantes, mas aquele ali não ia ter o elegante retrato póstumo que imaginava, não. Quando cheguei para ouvir o discurso, o Santos fingiu não me ver. Eu sentira que os homens poderosos de Desamparo agora já não me enxergavam. Usaram meus lagos de esperança como oásis para seus desertos de afeto, e agora que eu secara estéril, esqueciam de mim. Mas meus olhos fizeram questão de buscar os do Manoel. Olhinhos cansados, aqueles, não condiziam com os discursos empolados. Quando finalmente desistiu de escapar do meu olhar, Coronel Santos, homem mais importante da região, acenou com a mão e desculpou-se. "Sinto muito pelo que houve aqui", foi o que disse. E, para mim, aquilo valeu por uma vida inteira.

O enterro dos Capa Negra foi reservado para eles, a parentada espalhada pelo interior e mais meia dúzia de pioneiros. Não queriam saber do resto de Desamparo: seu patriarca estava morto. E a culpa era do Santos, do Afrodísio, da política, do trem e de todas as mudanças que tinham acontecido em apenas quinze anos. A culpa era minha também. "Mataram o vovô", repetia Maria Castro,

"Mataram um santo". Hélder Goulart apareceu no enterro do cunhado, mas quase foi linchado pelos sobrinhos por ter participado do tiroteio que matara João, viúvo de sua irmã Lia. Lábios retorcidos, lágrimas abrindo caminho pelos olhos à força, coração batendo bumbo fora de compasso. Galopando para casa aos gritos de "Assassino!" e "Judas!", Hélder se lembrava de quando era uma criança assustada tirando a flecha das costas de João Antonio, depois do massacre dos onze.

Naqueles tempos o único inimigo eram os kaingangs. Foi-se os kaingangs e o inimigo virou Coronel Manoel Antero dos Santos, seus gringos e o Ignacinho. Agora, estavam mortos Congue-Huê, Rugrê, os kaingangs, Christiano Ovesen. E cadê felicidade? Só o vácuo ficara no lugar daqueles, em Desamparo. "Que amarga vitória", lamentou-se o envelhecido farmacêutico alquebrado. "Nossos adversários eram nosso espelho, nossa âncora e nossa cultura". Um vidro de arsênico foi encontrado ao lado de sua finada desilusão. Nunca mais um Capa Negra se meteu com política na nossa cidade. O povo é que ficou com esperança que seu João voltasse.

– João Antonio há de voltar pra purificar essa cidade. Está escrito no destino. Quando der fé, ele vai estar no meio de nós de novo. Só João não tinha rabo preso. O homem era quase santo.

O assassinato do ancião João Antonio Capa Negra, tão banal e besta, virou notícia em todo estado. As reuniões às portas fechadas que se seguiram, e reuniram Afrodísio, Santos e mais meia dúzia de caciques locais, foram todas secretíssimas. Dizia-se que aquela morte fora dilúvio de sangue e agora era hora de repovoar o mundo com paz. Santos e Afrodísio, apesar de serem os líderes, não participaram do tiroteio, nem mancharam as mãos com sangue, como sempre. Preferiram entrar em cena quando diplomacia e politicagem se tornaram as armas do duelo. Ao final das negociações, de forma indireta, elegeu-se uma nova câmara com membros de todas as correntes políticas da região, mas, liderada pelo Coronel Santos, que foi nosso prefeito pelos oito prolíficos meses seguintes. Foi sua última vitória, seu crepúsculo político que veio acompanhado por doença nas ventas, problemas nas finanças e a suspeita de que Amélia se enamorara, numa troca de correio elegante, por um jovem de sua idade, em Birigui.

Nesta terra, quando tem guerra civil e fratricídio, repare, origem sempre aponta para brigas por negócios. A guerra pelas terras da Aguapeí – que envolvia os Cruzados e os Afrodisistas e também opunha duas grandes empresas de colonização: uma liderada pelos gringos e outra pelos barões do café paulista – se arrastou, em Araçatuba, até dois anos antes da morte do Santos, no litoral de São Paulo. Suas batalhas entre jagunços armados com fuzis pesados e dinamite, e posseiros, munidos de pica-paus e garruchas, se tornaram épicas e fizeram com que o Governo do Estado enviasse 120 praças da Força Pública, com equipamento completo, para participar da guerra que Santos fugiu para não assistir.

Então, foi de cara na merda que aconteceu a primeira morte de Manoel Antero dos Santos, a morte que seus inimigos gostam de lembrar e que foi rememorada em marchinhas jocosas, trocadilhos maldosos e pequenas notas nos jornais de oposição das cidades que semeou pelo sertão da Noroeste. Povo diz que diabo puxou o pé dele, veio cobrar-lhe dívida. Ninguém pactua, colhe louros, lambuza-se sem pagar. Mas diabo existe? No fim, blasfemo, todos filhos do sertão que, como eu, tiveram pai fantasma, talvez sejam filhos dele – o maléfico. Ou talvez ele seja o primeiro de nós. Pobre estrela, expulsa do paraíso por rebelar-se. Substituído, pois, pelo caçula-Cristo. Eu não, o que eu vi, ninguém apaga. Santos caiu do trem porque finalmente viu espírito. Viu o que sempre quisera: a alma do velho pai sem rosto. Legião de velhos posseiros das Terras de Maria Chica. Cramunhão? Talvez.

Na sequência, deu-se a segunda morte, a que chamei de menos literária, quando Manoel faleceu, em casa, e a causa do falecimento foi o colapso cardíaco em consequência de hemoptise, ou tosse com sangue. Se sua ambição era ser maior que a vida, escrever seu nome na rocha que resiste em se tornar areia na ampulheta do tempo, legar ao futuro a prova de que o homem é maior que o cosmos e que nossas ações têm sentido e influência na máquina do mundo, fracassou miseravelmente. Sua versão de Shakespeare, trabalho de uma existência, também se perdeu nos longos corredores do esquecimento. Agora, se sua ambição era virar estátua imortal, conseguiu. Ergueram uma ali na praça, alguns anos depois que Santos morreu, onde outrora fora a estação de trem. Deram-lhe também um nome de rua. A disputa jurídica sobre as terras da Aguapeí, no entanto, não acabaria com sua morte. Nossas terras demorariam para encontrar qualquer paz.

Não correu muito tempo da tragédia e Montanari, que já não era mais vereador, foi demitido também da Banda Internacional. Esta passou a ser liderada por Jorge Galati, autor da famosa peça "Saudades do Matão". Montanari ficou tão desgostoso com a violência política e a demissão da sua grande paixão, que sua pele transparente passou a ser invisível e ele sumiu ao vento; sem se despedir de mim e de Quita. Tornara-me obcecada pelo passado, como ele outrora fora pelo futuro. Será que minha vida seria diferente se eu não houvesse conhecido aquele homem? Deveria eu ter seguido os conselhos de minha mãe e evitado compartilhar casa com macho? A vida é uma longa peregrinação pelo deserto da alma, jornada aleatória onde encontramos uma caravana de espectros; reflexos caleidoscópicos. No final desta sacra procissão, na melhor das hipóteses, conhecemos bem alguém cujo nome é legião; espelho acumulado de fantasmagóricos fragmentos.

O desgosto e a vontade de morrer se tornaram meus principais companheiros. Então, me mudei dali e deixei Quita aos cuidados da nossa fiel criada, a kaingang surda. Antes de colocar meus pés na relva verde dos campos de Maria Chica pela última vez, me abracei à árvore que um dia foi Congue-Huê e chorei por um dia inteiro tudo que poderia ser, mas não foi. Minha cidade foi minha história e ela teve o tamanho, mesquinho, de minhas ambições. Chorei em luto pelos jaós, pacas, estrelas e jequitibás. Chorei em luta por Nindá, Giovanni, Maria Chica e Modesto. O dilúvio salgado escapava com tamanha fúria dos meus olhos, que achei que fosse arrancar meus glóbulos. Me animei com a possibilidade; nunca mais enxergar seria imensa bênção. Mas o destino é tão cruel que a partir dali comecei a enxergar ainda mais. Vi o passado, vi o futuro, vi o distante e vi o não dito; vi o que se soterrou debaixo dos tapetes da memória e vi o que se quis dizer, mas não foi possível nos tempos mortos. Tornei-me curva pelo peso de toda verdade que acumulei em minhas costas. Uma luz intensa fez-me lúcida. Estava morrendo? Um jaó cantando longe. Um adeus?

É por isso que vim até aqui, na terra que um dia foi de Montanari, para lhes contar esta longa história triste e pedir-lhes, com fé no futuro do mundo e no da minha única filha, que vocês impeçam essa guerra que ameaça começar. Que vocês impeçam essa tempestade que as nuvens negras em meus olhos anunciam como fim de muita coisa que vive. Que impeçam que o sangue continue a temperar os solos desbravados pelo homem. Que a morte deixe de ser nossa principal moeda de convencimento. E que a dor de enxergar demais, e de viver o que os outros sofrem, deixe de ser meu fardo.

Apesar de tudo tenho um fio de esperança no futuro. Um fio no qual me agarro com meus grossos dedos enrugados e que me mantém aqui, lembrando de todos os meus mortos. É impossível, que nos dias que virão, essas histórias sigam a se repetir em uma farsa trágica. Pelo menos é o que preciso acreditar para escapar do desespero. Meus olhos doem. Coração sangra. Ando exausta de morrer.

Apêndice

Abruzzo, 2 de julho de 2015

Caro, Frederico, como vai?

Fiquei muito enternecido com seu interesse em minha incessante pesquisa sobre os acontecimentos passados no ano de 1939 em nossa bela Abruzzo. Me alegrou imensamente saber, em acréscimo, do seu parentesco consanguíneo com cidadãos da nossa região. O relato que lhe envio, em anexo a essa carta, é um fac-símile da transcrição que encontrei junto aos diários pessoais de minha finada mãe. Não alterei em nada o texto compilado por ela no dia da possessão, mas fiz questão de levantar uma farta bibliografia (que você pode checar no final desta carta) que corrobora a maior parte dos fatos narrados, sendo que os que não estão detalhados nas fontes a seguir, aparecem citados e mencionados de forma ligeira, nos fazendo crer que são, em sua maior parte, verídicos.

O que está registrado nos diários de mamãe, em resumo, é que, durante a reunião de um raro grupo de kardecistas italianos, um espírito se incorporou em um dos médiuns. O espírito estava muito angustiado e demonstrava não compreender que já havia desencarnado. Não sabemos a exata data de sua ascensão ao plano espiritual. Alguns dizem que Rita se foi no tiroteio da Câmara. O que sabemos é que ela acreditava ter, à época, 67 anos e reclamava de não conseguir morrer. A grande angústia que lhe prendia ao nosso plano era a necessidade de se comunicar com cidadãos italianos para pedir que eles impedissem que Mussolini entrasse na Segunda Guerra Mundial, em apoio a Hitler. Isso evitaria, segundo ela, uma grande guerra e também que Montanari de Tal fugisse do horror das batalhas rumo ao passado, desencadeando diversos eventos e turbulências em sua vida amorosa. Checando os arquivos policiais da cidade e as memórias de mamãe, confirma-se que o senhor Montanari desapareceu da região por volta de 1944, quando foi dado como desaparecido de guerra e posteriormente considerado morto. Na época, os participantes do círculo kardecista de Abruzzo não conseguiram ter a real dimensão daquele contato, mas a entrada de Mussolini na guerra, um ano depois, confirmou tudo que o espírito lhes contou. Como a maior parte dos fatos se referia a acontecimentos passados no Brasil, eles não puderam checar sua plena veracidade até que eu iniciasse minhas profundas pesquisas anos depois.

A médium passou um dia todo incorporando Rita Telma do Carmo e falando uma mistura de português e italiano, carregado de sotaque. A mulher parecia muito desorientada e perdida, hora narrando os fatos de maneira objetiva e clara, hora se perdendo em recordações ou reproduzindo diálogos longos que não faziam o menor sentido para os presentes. Os nomes que ela mencionou, especialmente os kaingangs, foram muito difíceis de não se perderem ou se deformarem, assim como os sobrenomes citados. O que você lê a seguir são meras aproximações, sombras que se erguem diante da luz da verdade que jamais será completamente conhecida por nós. A sagacidade de mamãe em transcrever a maior parte daquela narrativa foi nossa tábua de salvação. Rita não conseguiu evitar a guerra, assim como me parece que os kardecistas e mamãe não conseguiram impedir o tal Montanari de sumir. Mas nos deixaram um belo retrato de época, de onde, talvez, possamos extrair algumas lições... Quanto a isso não estou certo. Seriam necessárias novas pesquisas e minha saúde está muito frágil; o cancro que mordeu meu pulmão já se banqueteia com minha pele e baço.

Espero que você possa levar esta história adiante, me parece que será útil para os moradores do seu país.

Um abraço fraternal,
Carmino Augusto Fontebasso

Principais clãs

1) Os Castro "Capa Negra"

Maria Francisca "Capa Negra" Castro: primeira Capa Negra, casada com Abel e mãe de Josué, Abel Segundo e Jorge Luis.

Abel Antonio Castro: marido de Maria Capa Negra e pai de Josué, Abel Segundo e Jorge Luis.

Abel Segundo: filho mais velho de Maria Capa Negra e Abel Antonio, muda para Avanhandava.

Jorge Luis: filho do meio de Maria Capa Negra e Abel Antonio; nasceu surdo, pintor.

Josué Antonio: filho mais novo e herdeiro de Maria Capa Negra e Abel Antonio, irmão de leite de Dom Pedro II. Casado com Dora de Jesus.

Dora de Jesus: esposa de Josué e mãe de seus quatro filhos

Procópio: escravo dos Capa Negra do Riberãozinho e líder dos kain-gangs

Tereza: escrava doméstica de Maria Capa Negra, mãe de Procópio.

Joaquim Jerônimo: caboclo casado com Tereza, funcionário de Maria Capa Negra

Noé Antonio Castro: irmão de Abel, pai de João Antonio e Noé Antonio Filho. Casado com Antonieva.

Antonieva: esposa de Noé Antonio e mãe de João Antonio e Noé Antonio Filho.

Noé Antonio Filho: filho de Noé Antonio e Antonieva, pai de Ricardinho Capa Negra. Casado com Emilia Carmo, irmã de Rita.

João Antonio Castro: filho de Noé Antonio e Antonieva, irmão de Noé Antonio Filho. Casado com Lia Goulart. Pai de Maria das Dores.

Lia Goulart: mulher de João e irmã de Hélder.

Maria das Dores: filha de João e Lia. Primeira mulher de Ricardinho.

Ricardinho Capa Negra: filho de Noé Antonio Filho e Emilia do Carmo Ferreira. Criado por João Antonio e Lia Goulart. Marido de Maria das Dores e de Mariazinha – a Bela.

Maria Castro: Filha de Ricardinho Capa Negra e Maria das Dores

Mariazinha – a Bela: segunda esposa de Ricardinho

2) Os Carmo Ferreira

Maria Chica do Carmo: pioneira, comerciante; esposa de Alexandre Ferreira e Frutuoso Bugreiro.

Frutuoso Bugreiro: primeiro marido de Maria Chica.

Alexandre Ferreira: poeta e fazendeiro. Segundo marido de Maria Chica.

Maria Justina: filha mais velha de Maria Chica; comerciante.

Joaquim: Filho Maria Chica nascido depois de 7 filhas.

Tristão "Surdo" Rodela: músico; filho de Chica

Emília: filha de Maria Chica e especialista em tiro e trago. Mulher de Noé Filho, mãe de Ricardinho.

Esmeralda: filha de Maria Chica, funcionária do Coronel Manoel Antero dos Santos

Rita Telma: filha de Maria Chica casada com Chico Prado e Montanari. Mãe de Giovanni e Francisca. Comerciante.

Chico Prado: vaqueiro, marido de Rita.

Montanari: marido de Rita, pai de Giovanni e Francisca Benjamin. Músico.

Giovanni: filho de Rita e Montanari

Francisca Benjamin: filha de Rita e Montanari.

3) Os Paes Correa da Rocha

Coronel Abraão: pioneiro vindo de Jaú. Esposo de Emma Cartier e pai de Isaque e Lyria

Madama Emma Cartier: francesa, mulher de Abraão. Mãe de Isaque
e Lyria
Isaque: filho de Abraão e Madama Emma. Irmão de Lyria
Lyria: filha de Abraão e Madama Emma. Irmã de Isaque

4) Os Antero dos Santos

José: pai de Manoel Antero dos Santos.
Maria: mãe de Manoel Antero dos Santos
Coronel Manoel Antero dos Santos: rábula, fundador de cidades, ca-
sado com Helena.
Helena: mulher de Manoel, sobrinha dos Barões de Serra Negra e de
Resende.
Amélia Capitolino "Boneca": segunda esposa de Manoel Antero dos
Santos
Leonam: jagunço de Manoel; bonito e elegante.
Ignacinho: jagunço de Manoel e subdelegado

Bibliografia consultada

Arruda Filho, Orôncio Vaz de. "Andanças"

Barros, Fausto Ribeiro. "Âchegas para a história de Penápolis (De 1767 a 1948)

Barros, Fausto Ribeiro. "Padre Claro Monteiro do Amaral"

Barros, Fausto Ribeiro. "Penápolis: História e Geografia"

Brandão, Glaucia M. de Castilho Muçouçah. "O passado, passado a limpo"

Brandão, Glaucia M. de Castilho Muçouçah. "Maria Chica: a saga de uma heroína"

Coleção Nosso Século. Volume I. São Paulo: Abril Cultural, 1980.

Côrrea, José Osvaldo Henrique, "Historicidade e Narrativas sobre Diogo da Rocha Figueira, o Dioguinho". 2014. Dissertação (Pós-graduação em história social). Centro de Letras e Ciências Humanas, Universidade Estadual de Londrina, Londrina.

Donzelli, Cledivaldo A. & Nadai, Alessandra Jorge. "Penápolis: nativos, povoamentos, ferrovias e ciclos econômicos"

Figueiredo, Adherbal Oliveira. "Tenente Galinha – Caçador de Homens: Eu sou a lei"

Freyre, Gilberto. "Casa Grande & Senzala".

Garcia, João. "Dioguinho: o matador de punhos de renda".

Ghirardello, Nilson. "À Beira da Linha: formações urbanas da Noroeste Paulista"

Gomes, Laurentino. "1808"

Gonçalves, Ana Maria. "Um defeito de cor".

Hecht, Adolfo & Carneiro, Ricardo Alves. "Maria Chica: o símbolo da mulher pioneira nos campos do Avanhandava"

HECHT, Adolfo & CARNEIRO, Ricardo Alves – "Penápolis na história de seus cidadãos com nomes em Próprios Públicos"

HOLLANDA, Sergio Buarque de. "Raízes do Brasil".

LAROQUE, Luís Fernando da Silva. "Fronteiras geográficas, étnicas e culturais envolvendo os kaingang e suas lideranças no sul do Brasil (1889-1930)". 2006. Dissertação (Pós-graduação em História). Universidade do Vale do Rio dos Sinos, São Leopoldo.

LIMA NETO, Joaquim Cavalcanti de Oliveira. "Fernando Ribeiro de Barros: o Conquistador de Paris"

LOBATO, Monteiro. "Onda Verde"

MARINHO, José Antonio. "História da revolução liberal de 1842".

MARTINS, Orentino. "Apontamentos Biográficos do Cel. Manoel Bento da Cruz"

MARTINS, Orentino. "Salto do Avanhandava: História e Documentação", Orentino Martins

MONTEIRO, Silvio Juvencio Monteiro. "Família Monteiro: Vivemos em Penápolis".

PERIA, Milve Antonio. "Taquaritinga – História & Memória"

PRIORE, Mary Del. "A Carne e o Sangue – a Imperatriz D. Leopoldina, D. Pedro I e Domitila, a Marquesa de Santos"

RODRIGUES, Isabel Cristina. "Venh Jyrke Si: Memória, tradição e costume entre os Kaingang da T.I. Faxinal – Cândido de Abreu-Pr". 2012. Dissertação (Doutorado em Ciências Sociais). Pontífice Universidade Católica de São Paulo, São Paulo.

RODRIGUES, Robson Antonio. "Os caçadores-ceramistas do sertão paulista: um estudo etnoarqueológico da ocupação kaingang no Vale do Rio Feio/Aguapei". 2007. Dissertação (Pós-Graduação em Arqueologia). Museu de Arqueologia e Etnologia, Universidade de São Paulo, São Paulo.

SILVA. Henry Marcelo Martins da . "Conflitos na elite: a transformação dos grupos de poder de São José do Rio Preto na República Velha (1894-1930)". 2009. Dissertação (Doutorado em História). Faculdade de História, Direito e Serviço Social, Universidade Estadual Paulista, Franca.

SOARES, Fernando José Clark Xavier. "Roberto Clark: meu avô".

WISSENBACH, Maria Cristina Cortez. "Desbravamento e catequese na construção da nacionalidade brasileira: as expedições do barão de

Antonina no Brasil Meridional", 1995. Artigo. Departamento de História – FFLCH, Universidade de São Paulo, São Paulo.

Reportagens

CORREA, Marival "A ama de leite do imperador D. Pedro II". Disponível em: http://177.126.187.196:8080/preview/www/2.182/2.214/1.97504. Acesso em: 19/05/2017

COMERCIO DO JAHU, "Artistas circenses encantavam grupos de rapazes na vila do Jaú." Disponível em: http://www.comerciodojahu. com.br/noticia/1293462/Artistas+circenses+encantavam+grupos+-de+rapazes+na+vila+do+Ja%C3%BA . Acesso em: 30/06/2017

PRADO, Celso, "Razias". Disponível em: http://celsoprado-razias. blogspot.com.br/ Acesso em: 19/05/2017

RODRIGUES, Marcos. "Gambé". Disponível em: http://brasileiros.com. br/2012/10/gambe-2/ Acesso em: 23/06/2017

SILVEIRA, Paulo César de Castro. "A Penápolis do nosso tempo". https://madrinhadaserra.com/a-penapolis-do-nosso-tempo/ Acesso em: 24/06/2017

Alguns diálogos deste livro foram retirados, na íntegra, da prosa real encontrada nesta bibliografia.

Eu agradeço:

À minha tia Rita pelo livro que acendeu o rastilho de pólvora desta história.

Aos meus pais Jáder e Cecília pela pesquisa de material histórico na Biblioteca de Penápolis.

A Alessandra Nadai (Museu Histórico de Penápolis).

Fernanda (Primeira Casa de Penápolis).

Solange (Biblioteca Municipal de Penápolis).

E aos memorialistas do Noroeste Paulista citados nesta bibliografia.

Ao primo Ric, tia Dora, tio Zé, Dóris, Lucas Franco, Karin, Gabriel, Marina, Benjamin, Pantera,

Bárbara, meus avós e todos que acreditaram.

Ao Marcelo Nocelli.

Esta obra foi composta em Stempel Garamond, e impressa em papel pólen soft 80 g/m², pela Lis Gráfica, para Editora Reformatório, em maio de 2018, enquanto dinastias continuam extrapolando os limites do interior paulista, e antigos sobrenomes perpetuam-se no poder por todo o país.